인생은 오늘도 나무를 닮아간다

조경업 대표가 들려주는
나무 이야기 1

최득호 지음

인생은
오늘도
나무를
닮아간다

I'm

추천사

코로나19로 지구촌이 몸살을 앓고 있다. 그 원인으로 인간의 환경 파괴로 인한 기후 변화를 꼽는다. 조경 분야는 훼손된 숲과 나무를 복원하여 환경 개선을 선도할 수 있는 의미 있는 직군이다. 근 40여 년 동안 조경 일을 해 온 저자의 손에 닿았던 나무는 단순한 업무의 대상이 아니라 친구이자 자식이자 조상이었다. 그도 그럴 것이 어린 묘목부터 수백 년이 되는 고목까지 골고루 섭렵하였으니 사랑과 애정이 넘쳤으리라.

이 책은 나무에 대한 상식을 다시금 일깨워 준다. 조경 관련 일을 하거나 그렇지 않은 사람에게도 커다란 배움이 되는 나무의 특징과 효능 그리고 나무에 담긴 설화까지 골고루 들어가 있다.

이 책에 담긴 내용으로 할아버지가 손자에게 나무를 손으로 가리키면서 옛이야기를 해 준다면 존경받는 할아버지가 될 것이고, 연인과 같이 걷다가 마주친 나무에 관한 사연을 이야기해준다면 사랑을 듬뿍 받는 애인이 될 것이다. 또한 조경기사가 현장에서 고객에게 자기가 심은 나무에 대한 설명을 해준다면 커다란 신뢰를 얻을 것이다. 이 책을 통해서 나무에 대한 재미있는 지식을 얻게 될 많은 사람들을 생각해 보니 즐겁기 그지없다.

저자는 본인의 인생이 나무를 닮아간다고 느끼고 있다. 저자의 생각에 백번 동감한다. 나무를 사랑하고 나무와 함께 살아가는 모든 이에게 이 책을 일독(一讀)이 아니라 수없이 읽으며 나무를 닮아 가라고 권하고 싶다.

한국조경신문 발행인/조경기술사 김부식

함께 지방 출장을 가던 차 안에서 불쑥 내민 원고 한 뭉치에 당황했지만 이내 이해가 되었다. 필자는 문학적 감성이 풍부하여 글쓰기를 좋아하고, 부지런하기까지하여 지속적으로 글들을 책으로 엮어 왔기 때문이다.

나무를 사랑하는 DNA가 있는 필자의 책 목차를 보니 30종의 나무가 소개되어 있었다. 나무에 얽힌 감상과 직업적 경험, 그와 더불어 많은 양의 참고서적 탐독을 통해 나무에 대한 지식을 보충한 굉장히 특이한 글들이었다.

다소 전문적으로 수목을 설명하면서도 자신의 삶과 연결 짓는 태도가 매우 감성적이었다. 토속적인 용어와 사투리, 속담 등을 다양하게 섞어 자칫 딱딱할 수 있는 글을 편하게 읽을 수 있도록 하였다. 내가 좋아하는 나무도 제법 많이 등장했는데 처음 듣는 이야기가 많아서 내용을 확인하고 또 정리도 해가며 흥미롭게 읽어 내려갔다.

40여 년 가까이 조경 시공 현장을 다양하게 경험한 한 전문가의 글쓰기엔 자연 존중, 생명 중시가 누구보다 여린 감성과 인문학적 소양으로 잘 녹아 있었다. 자신의 자연애호정신(Biophilia)이 듬뿍 담긴 글이었다.

모쪼록 좋은 습관을 지속적으로 이어가 다음 책도 만나볼 수 있길 기대한다.

(사)한국정원문화협회 회장 정주현

인간의 삶은 나무의 삶과 너무 닮았다. 편안한 상태일 때 인간은 아프지 않다. 나무도 마찬가지다. 그러나 인간과 달리 나무는 움직이거나 자리를 옮길 수 없다. 죽을 때까지 한 자리에서만 살아가는 나무는 씨앗을 퍼트리며 자손을 통해 대를 잇는 방법으로 자리를 옮긴다. 나무는 스스로에게 필요한 환경을 자신이 만든다. 우리에게 희망이 있듯 나무에게도 미래가 있다.

인간은 자연의 일부이며, 나무를 떠나 살아갈 수 없다. 갓 태어난 묘목도, 고목으로 늙어가는 나무도 모두 처음부터 마지막까지 사람들과 삶을 같이 한다. 나무는 인간의 도움을 늘 절실하게 필요로 하고 또한 도움받기를 원하고 있다. 인간도 마찬가지다. 나무는 사람들이 가지고 있는 좋은 점들을 찾아 이끌어 주고 삶을 깨닫게 한다. 사람과 자연의 연결고리인 나무를 통해 자연 속에서 조화를 꾀하며 살아가는 지혜를 얻고, 생장하는 나무 그늘 아래에서 함께 누리는 삶의 가치는 인생의 큰 기쁨이다. 나는 우리 주위에서 살아가는 나무들이 사람들과 오래도록 함께 같이 살아갈 수 있다는 기대와 희망의 끈을 놓은 적이 없다. 인간이 살아가면서 정말 잃어버린 것이 무엇인지, 무엇을 회복시키고 살려내야 하는지를 나무를 통해서 배우고 찾아야 한다.

지구상에서는 매일같이 대대적인 벌목이나 산불 등으로 숲이나 나무들이 사라지고 있다. 한편에서는 자연을 보호하고, 지구의 생태계를 지키려고 대책을 찾아내느라 골몰하고 있다. 그 해답인 나무가 가까이에 있음에도 말이다.

나무끼리는 서로 관계를 맺고 있으며, 언어를 쓰며 소통하고 있다. 나무에게도 어미와 아들 관계가 있고, 성장하는데도 오랜 시간이 걸린다는 사실을 알고 나무를 대해야 한다. 나무를 사랑하는 마음을 가지고 있을 때에만 나무를 편하게 마주할 수 있을 것이다. 윤리 도덕적인 측면에서도 삶을 나누며 살아온 나무를 가까이해야 하는 책임이 있는 우리는 복잡다단한 생을 사는 나무를 면밀히 관찰하고, 사랑하고 존경심을 가져야 한다.

조경 관련 일을 해오면서 사람들이 나무를 통하여 자연과 가까워졌으면 좋겠다고 늘 생각했고, 재미있게 접근할 수 있는 책이나 글 또는 교육의 필요성을 느껴왔다. 이를 계기로 내 삶과 같이 살아온 나무들의 이야기를 이 책 속에 담았다.

사람들이 나무에 대한 지식을 어느 정도 갖추고 있다면 더할 나위 없이 좋겠지만 주입식으로 암기한 지식들이 우리가 살아가는 사회를 이해하는 데 무슨 역할을 하겠는가. 암기보다 중요한 것은 나무에 대해 제대로 알고 이해하는 것이다. 이 나무가 어디까지 얼마나 크게 자라는지, 이 나무의 이름이 무엇인지, 꽃은 언제 피고 열매는 어떻게 맺는지, 잎의 모양은 어떻고, 가을이 되면 어떻게 단풍이 들고 잎이 지는지, 인간 생활에 어떻게 활용되고 있는지……. 또한 나무와 사람과는 어떤 관계를 맺고 살아야 하는지, 나무는 자연으로부터 오는 고난과 역경을 어떻게 헤쳐 나가고 있는지 등등 식물학적 지식 전달보다는 자연의 연결고리를 이해하고 사람과 나무 사이에 서로 교감할 수 있는 부분이 있다는 것을 알려 주고 싶었다.

내가 가진 역량과 지식, 자료만으로 그 열정을 채우기에는 턱없이 부족했다. 내 삶과 함께한 주변의 나무 이야기를 끌어다 모았지만 모자람이 많다. 그렇지만 가볍게 부담 없이 읽히기를 바라며, 일상에서

나무에 한 걸음 더 가까이 다가가 나무를 사랑하는 계기가 되었으면 한다. 이 글을 쓰는 동안에도 나무는 끝없이 진화하고 적응하며 자신의 삶을 꾸준히 개척해 나가고 있을 것이다.

그저 내 삶 속에서 같이한 나무 몇 그루일 뿐이지만 더불어 사는 지혜를 배우고 교감하는 일에 보탬이 되었으면 하는 바람이다.

2022년 2월

최득호

contents

제 1 부

나무의
탄생과 죽음

01

청단풍나무

Acer palmatum Thunb

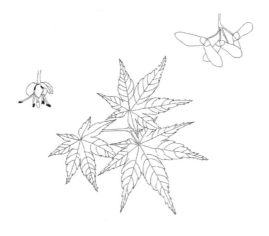

작은 씨앗이 가져온 변화

돌 틈에서 피어난 생명

단풍 씨앗이 떨어져 포장 바닥과 화계석 틈에서 움튼 지 몇 년이 지 났다. 씨앗이 돌 틈 사이에 떨어진 건지 지붕에 떨어진 후 빗물에 씻 겨 지붕을 타고 흘러 자리한 것인지는 모른다. 현관문과 거실 큰 창을 절묘하게 비켜서서 일부러 자리잡은 것처럼 제대로 터를 잡았다.

건물 가까이 나무가 자라면 좋지 않다고 뽑아 버리라는 아내의 지 엄한 명령을 어기고 실낱 같은 새싹이 젓가락 굵기가 되고 손가락 굵 기를 거쳐 손목 굵기가 될 때까지 꿋꿋이 보살펴 온 결과다. 봄이면 새싹으로 푸른 희망을 주고, 여름이면 시원한 그늘로 커피 향을 더해 주고, 가을이면 붉게 타올라 눈이 즐겁다. 겨울에는 잔가지에 내려앉은 하얀 눈과 조화를 이뤄 겨울 분위기를 고조시킨다.

단풍나무가 집 앞 현관 옆에 스스로 자리를 잡았으니 드나들 때마다 나는 큰 복을 누리고 산다. 아내 말대로 잘라 버렸으면 오늘의 이 행복을 어떻게 맛볼 수 있었겠는가. 잉태한 생명의 귀함과 강한 힘을 어여삐 여기고 보살핀 결과이니 뿌린 대로 거둔다는 말이 가슴에 와 닿는다.

"한 알의 밀알이 세상을 바꾸는 밑거름이 된다"고 했는데, 이제 작은 단풍 씨앗 하나가 집 주위의 환경을 바꾸는 초석이 되었다. 돌 틈을 비집고 자라나서 어엿한 자기 본연의 역할을 묵묵히 지켜내고 있는 단풍나무를 볼 때마다 그 숭고하고 초연한 자태에 비장함이 느껴진다.

흔하지만 귀한 나무

가을의 여신 단풍나무는 우리가 어디에서나 만날 수 있고 볼 수 있는 흔하디흔한 나무이지만, 알고 보면 쓰임새가 많아 귀하디귀한 나무이다.

원래 단풍나무는 우리나라와 일본이 원산지로 무환자나무목, 무환자나무과, 단풍나무속에 속하는 낙엽활엽교목이다. 주로 정원수, 조경수, 분재 등 관상용으로 재배되고 있으며, 북반구 온대 지역을 중심으로 비옥한 사질 토양에 자생적으로 분포, 서식하고 있다.

통상 우리가 '단풍나무'라고 부르는 것은, 세계에서 2,000여 종이 있으나, 일반적으로 알려진 110여 종 중 우리나라에 분포하고 있는 약 15종 정도의 산단풍, 홍단풍, 청단풍, 당단풍, 수양단풍 등을 총칭해서 부르는 말이다. 특히 북한산, 설악산, 오대산, 내장산, 지리산 등 우리나라 대부분 지역에 서식하는 '당단풍나무'를 '중국단풍나무'로 잘못 알고 있는 경우가 많은데, 이는 당나라 당(唐)자를 써서 생긴 혼동에서 생겨난 것이라 여겨진다.

단풍나무의 키는 보통 10미터 정도로 자라고, 수피가 담갈색, 회백색을 띠며, 목질이 나이테와 변재, 심재의 구별이 어려울 만큼 균일하고 나무결이 부드러워 가구재, 가마, 소반, 테니스 라켓, 볼링핀 등을 만들거나 체육관 바닥, 마루재로 주로 쓰인다. 특히 조각용으로도 탁월하여 해인사 소장 유네스코 세계문화유산인 '고려팔만대장경판'에도 자작나무와 더불어 일부 사용되었다.

열매는 2개씩 쌍으로 붙어서 V자 모양에 매미 날개 같은 넓은 날개가 달려 있어 바람에 날려 퍼지며 자손을 번식하는 시과(翅果)이다. 5월에 개화하는 암수 한 쌍으로 이루어진 암갈색 꽃이 지고 나면 1cm 정도의 크기로 열매가 달리고, 9~10월에 익는다.

꽃은 크기가 작아서 보통 사람들은 꽃이 피지 않는 줄 알고 있지만, 주렁주렁 매달려 열리는 씨앗을 보면 이는 잘못된 상식임이 분명하다. 가을바람에 황적색의 씨앗이 바람개비처럼 빙그르르 돌면서 떨어지는데, 그 모양을 보고 영감을 얻어 프로펠러를 달고 있는 헬리콥터를 발명했다는 이야기도 있다. 뿌리와 껍질은 소염, 해독작용이 있어서 한방에서 '계조축'으로 부르며, 관절염과 통증 완화에 효과가 좋다고 알려져 있다.

다양한 단풍나무

20여 년 전 어느 지인이 큰 단풍나무가 있으니 한 번 와서 구경해 보라고 해서 간 적이 있는데, 단풍나무가 아니라 노랗게 물든 은행나무였다. 웃지도 못하고 표정 관리가 어려웠지만, 보통 사람들 눈에는

'단풍이 든 나무'는 모두 '단풍나무'로 보이는 모양이다.

'단풍'이라는 말은 한자어에서 파생된 우리말이다. 중국에서는 단풍이라는 말 대신 축수라고 쓰고 있으며, '축'은 '색'으로 발음되는데, '색색'이라고 하면 낙엽 지는 소리를 나타내는 말이기도 하다.

우리가 보기에 붉고 노란 예쁜 단풍은 섭씨 5도 이하에서 낮의 길이가 짧아지는 기후 변화에 의한 생육의 둔화로 생성된다. 기온이 떨어지면 밑동에 얇은 막이 형성되어 잎과 줄기의 연결 통로를 막아 인, 마그네슘 등 영양소와 물이 적어지고 광합성 활동이 둔화되므로 녹색 엽록소가 변화되어 나뭇잎 색이 변한다.

붉은색 단풍은 안토시아닌의 작용이고, 노란색 단풍은 자체적으로 가지고 있던 카로티노이드가 겉으로 나타나는 현상이다. 오렌지색은 카로틴, 노란색은 크산토필, 갈색은 타닌 성분에 의해 변화되어 단풍이 든다.

종류가 많고 다양한 단풍나무를 구별하는 방법은 보통 잎의 모양이나 수피, 자생 지역 등으로 판단하는 여러 가지 방법이 있지만, 대개 잎의 모양으로 구분하는 방법이 일반적이다.

잎이 작아 별칭으로 애기단풍 또는 아기단풍으로도 불리는 미지단풍은 잎이 5~7개로 갈라져 있고, 서울 남산에서만 자생하는 서울단풍도 이 종에 속한다. 당단풍은 잎이 7~9개로 갈라져 있으며, 우리가 일반적으로 단풍나무로 부르는 나무다. 공작단풍은 일본에서 개발한 나무로 잎이 가늘게 찢어져 있어 세열단풍이라고도 불리며, 잎이 공작새 꼬리처럼 생겨 구별이 가장 쉬운 종이다. 꽃단풍은 일본이 원산지로 잎이 세 갈래로 갈라져 있고, 전체적으로 둥근 편이다. 중국단풍은 중국이 원산지이고, 오리발 모양의 잎이 가을이면 노랗고 빨갛게 예쁜 단풍이 들며, 수간이 자라면서 모과나무나 산딸나무처럼 수피가 터져 벗겨지는 특징이 있다.

신나무는 잎이 3갈래로 갈라져 있고, 잎의 길이가 길며, 가장자리에 불규칙한 겹톱니 모양이다. 시다기나무로 불리기도 하는데 껍질에는 세안 효과가 있다.

고로쇠나무는 잎이 5개로 갈라져 있으며, 잎에 톱니 모양이 없다. 수액을 채취하는 나무로 널리 알려져 있는 바로 그 나무다. 노란색 단풍이 일품이며, 울릉도에서만 자생하는 울릉도 고로쇠나무가 있다.

복자기나무는 잎 가장자리 위쪽으로 큰 톱니 모양 3개의 잎으로 구성되어 있다. 광릉수목원의 단풍이 붉은 것으로 유명한 것은 이 복자기나무가 많기 때문이기도 하다. '복자기'의 '복'자가 점복(卜)자를 쓰기에 점쟁이와 관련이 깊은 나무로도 알려져 있으며, 너도박달나무라 불리기도 한다.

섬단풍은 도(島)단풍이라고도 불리는데, 잎은 11~12개로 갈라져 있고, 우리나라 울릉도에서만 자생하는 유일종이다. 시닥나무는 우리나라가 자생지로 참시닥, 청시닥나무가 있고, 단풍이 빨갛게 든다.

이 밖에도 잎의 뒷면이 은색 빛을 띠고 있는 은단풍 외에도 선겨릅나무, 부게꽃나무, 네군도단풍, 프랑스단풍, 왕단풍, 털단풍, 홍단풍이라 불리기도 하는 일명 야촌(野村)단풍 등이 있다.

캐나다 국기 문양에 그려져 있는 설탕단풍나무는 수액으로 시럽을 만든다. 1834년 성 세례 요한이 몬트리올에서 "이 나무는 처음엔 여리고 바람에 꺾여 시들 것처럼 보이지만, 땅으로부터 그 양식을 힘겹게 길러낸다. 하지만 곧 보라. 그 가지를 하늘로 뻗어가며, 웅장하고 힘차게, 폭풍우를 무시하고, 이젠 자신의 힘 앞에 무력한 바람에 맞서 승리하는도다. 단풍나무는 우리 숲의 왕이로다. 그것은 캐나다인을 상징한다."고 역설했을 정도로 캐나다와 단풍나무는 깊은 관계를 맺고 있으며, 이 말은 캐나다인들의 자부심을 내비치고 있다.

쓸모 있는 존재가 되기 위하여

늦가을 비가 옅은 연무를 깔고 대지를 덮었다. 세상에 쓸모없는 것이 가을비라는데, 가을장마라 할 만큼 연일 질척이는 비가 성가시기 그지없다. "가을비는 장인 영감 수염 밑에서도 피한다"는 속담이 무색하리만치 요며칠 짓궂게 내린다.

현관 처마 아래 자란 청단풍이 한기를 머금은 낙숫물을 맞으며 잎을 우수수 떨구고 있다. 가을비는 농사일과 곡식뿐만 아니라 단풍나무에게도 필요 없는 존재다. 빗방울에 파르르 몸을 떠는 단풍나무를 보며 새삼 어떻게 살아야 할 것인가를 생각해 보게 된다.

마당 구석 잔디밭에 있던 탁자와 의자를 청단풍나무 아래로 옮겼다. 소슬바람에 단풍잎이 빗방울을 안고 날아다닌다. 아내가 따뜻한 커피를 내왔다. 탁자를 옮긴 턱이란다. 온기가 온몸으로 타고 흐른다. 단풍나무도 내가 보낸 이런 따뜻한 기운을 받으며 자랐을까. 비좁은 돌 틈바구니에 둥지를 틀고 힘든 고난과 역경을 극복하고 무럭무럭 자라난 모습이 우러러 보인다. 소중한 생명을 지켜낸 나도 대견스럽다. 비 온 뒤의 따뜻한 차 한 잔에 단풍나무와 내가 하나가 된다.

생명은 소중한 것이다. 생명을 자르는 것은 순간이지만 키우는 것은 기나긴 시간이 필요하다. 한 생명이 태어나 구실을 하려면 적당한 시간이 필요하다. 시간을 이기는 것이 삶을 지탱하는 크나큰 요소이다.

　나는 오늘도 현관문을 나설 때 단풍나무를 올려다보며 내 생의 시간을 되짚어 본다.

<u>02</u>

자작나무

Betula platyphylla var. japonica HARA

희생이 낳은 새 생명

나무의 수난시대

"뭐꼬?"

"심다 버린 묘목 같은데요?"

"도한열이가 수종 갱신한다꼬 산판 해묵꼬 산림 복구하미 가져온 묘목을 심다가 남응께 버린 능 갑꾸마는."

거제밭 뒷산의 아름드리 소나무 숲이 어느 날 흔적도 없이 사라졌다. 일명 소나무 에이즈라 불리는 소나무 재선충이 확산되자 취약한 나무를 잘라내고 수종을 갱신한다는 명목 하에 사오십 년을 터잡고 지켜온 소나무들이 수난을 당했다.

거제밭 윗대 산소 뒷산의 타인 소유 산지에 녹음을 자랑하던 푸르른 소나무도 계절이 바뀌는 틈을 타서 자취를 감추었다. 면내에서 알음알음 산주들을 꼬드겨 무더기로 헐값에 대금을 지불하고 돈이 될 만한 소나무를 벌채하는 도한열이라는 산판업자가 저지른 결과였다. 그 사람 입장에서야 사업적인 일이고, 국가 시책으로도 문제 발생이 예상되는 수종을 병들기 전에 미리 벌채하여 사용케 하는 것이니 법적인 문제는 없다. 하지만 하루아침에 흉측한 모습으로 변한 산림이 좋게 느껴지진 않았다.

고향을 오가는 길에 전국적으로 군데군데 속살을 드러낸 망가진 숲을 보며 망연자실한 적이 많았는데, 이제 코밑 8대 조부 산소 옆까지 훅 치고 들어와 산림이 훼손된 것이다.

소나무를 잘라낸 자리엔 자작나무 묘목을 열 지어 심었는데 심고 남은 건지 심기 싫어 버린 건지 묘목 여남은 다발이 산소 옆 공터에 버려져 있었다. 살펴보니 대부분 말라죽고 가운데 끼어 있는 몇 그루가 생명의 줄을 놓지 못하고 있었다.

어릴 때는 자작나무의 일종인 거제수나무를 곡우물나무라 불렀는데, 곡우에 위장병과 소화에 좋다는 수액을 채취해서 마시면서 붙여진 이름이다. 요즘엔 주로 고로쇠나무에서 수액을 채취하지만 소싯적만 해도 곡우 무렵이면 자작나무 수액을 마시기 위해 고향에는 수많은 사람들이 모여들어 초등학교 운동회를 방불케 할 만큼 인파가 북적였다. 일주일 남짓 큰 가마솥을 걸어놓고 국밥 장사를 하는 사람이 여럿일 정도였다. 한 모금이라도 더 마시기 위해 소금을 먹어가며 수액을 마시던 이들도 있었다.

숲속의 여왕

자작나무는 불에 탈 때 자작자작 소리가 나기 때문에 자작나무라 부르게 되었다고 한다. 자작나무는 옛 이름이 '봇(樺)'인데 함경도에서는 아직도 '봇나무'라 불리고 있다. 훈몽자회에는 '붓화'로 기록되어 있다. 서양에서는 숲속의 여왕으로, 러시아에서는 여성과 순결, 봄을 상징하는 나무다. 북방 민족들은 신이 깃들어 하늘과 소통하는 나무로 귀하게 생각하고 죽은 이의 몸을 자작나무 껍질로 감싼다. 이는 천국으로 가는 이에게 웅상의 옷을 입혀주는 의식으로 망자에게 최고의 예우를 하는 것이다.

참나무목, 자작나무과, 자작나무속에 속하는 자작나무는 원산지가 만주 일대와 백두산 주변으로 우리나라 북부지방의 양강도, 함경도, 중국 동북부, 일본, 러시아와 유럽에 분포하고 있다. 백색 껍질을 가지고 있으며, 키가 20미터 정도 자라는 낙엽활엽교목이다.

자작나무 종류는 국내에서 8종이 분포하며, 북한지역에서는 자작나무, 좀자작나무, 부전자작나무, 만주자작나무가 주로 자란다. 사촌 격인 거제수나무와 사스레나무는 해발고도 1,000미터 이상 고지대에서 주로 자생하며, 박달나무와 물박달나무는 낮은 산지 비탈에서 자란다. 개박달나무는 고지대의 화강암, 석회암 지대의 바위가 많은 산지에 자생하고, 이 외 유사 종류에는 좁은잎박달나무가 있다.

대표적인 국내의 자작나무 인공 조림지로 강원도 인제의 원대리 자작나무숲과 김천 수도산 국립 자연치유의숲 자작나무가 널리 알려져 있어 사철 찾는 이가 끊이지 않고 있다.

자작나무는 목질이 치밀하고 결이 고우며 벌레가 잘 침투하지 않아 공예품과 카누 제작, 조각재, 가구재, 마루재로 주로 쓰인다. 대표적으로 해인사 팔만대장경판의 일부가 바로 이 자작나무로 제작되었다. 속성수로 자라기에 조림수로, 노란 단풍과 백색의 수피가 아름다워 주로 가로수와 정원수 등으로도 많이 심겨지고 있다.

햇빛을 무척 좋아하는 극양수이지만 염분에는 약해 해변에서는 잘 자라지 않는다. 특히 얇게 가로로 벗겨지는 껍질은 백화피(白樺皮) 또는 화피(樺皮)라 불리며, 거칠지 않고 부드러워 옛부터 그림이나 글씨를 쓰는 종이 대용으로 쓰였다. 경주 천마총에서 출토된 천마도는 자작나무 껍질에 그려진 것이다. 기름기가 많아 잘 썩지 않고, 불에 잘 타는 성질을 가지고 있어 불쏘시개로 사용하기도 했다. 결혼식 때 밝히는 불을 일컬어 화촉(樺燭)이라고 하는데, 이는 자작나무 껍질에 불을 붙인다는 말에서 유래된 것이다.

또한 껍질에는 트레테르페인 성분이 함유되어 향균작용이 있기 때문에 물에 달여 복용하면 진해, 거담, 기관지염, 폐결핵, 해열, 황달, 간염, 위염, 복통, 편도선염, 신장염, 용종, 습진, 이질, 설사, 부종 치료와 이뇨작용에 효과가 있다. 뿌리는 간질환 치료와 눈을 밝게 하며, 뿌리에 기생하는 차가버섯은 종양치료에 탁월한 효과를 보인다.

러시아나 핀란드에서는 사우나에서 잎이 달린 자작나무 가지로 몸을 치면 숙취가 해소된다는 풍습이 전해지고 있다. 목질 자체에 다당체인 자일란을 함유하고 있어, 이를 자일로스로 변환, 추출, 정제, 환원 과정을 거쳐 자일리톨이라는 자작나무 설탕을 만들고 있다. 자일리톨은 치아에 손상을 주지 않는 당분을 함유하고 있다고 알려져 한때 치약이나 껌 등에 적용하여 구강건강제품으로 개발되기도 했다.

잎은 어긋나기로 세모에 가까운 달걀형으로 끝이 뾰족하게 생겼으며 가장자리에 불규칙한 톱니가 있다. 가을 단풍이 노랗게 물들어 바람에 살랑이며 나부낄 때는 하얀색의 수피와 윤기 나는 고동색의 잔가지와 어울려 우아한 아름다운 분위기를 연출하여 인테리어용으로도 인기가 많은 나무이다.

꽃은 암수 한 그루의 단성화로서, 4~5월에 수꽃은 꼬리 모양의 꽃차례로, 암꽃은 솔방울 모양의 꽃차례로 암수꽃들이 모여 나선 모양 배열로 아래로 처져서 피며, 꽃가루 알레르기를 유발하기도 하여 아파트에서는 민원이 발생하기도 한다.

"당신을 기다립니다"라는 꽃말은 다소곳이 수줍은 듯 님을 기다리는 뽀얗게 분바르고 단장한 새색시의 모습이 연상되는 자작나무와 잘 어울린다.

꽃이 지고 나서 열리는 소견과인 열매는 원통 모양으로 9~10월에 아래로 드리워져 결실을 맺는데 섭취하지는 않는다. 껍질과 뿌리, 수액과 목질에 함유된 성분은 유효한 성분이 많아 식약용으로 적극 개발 이용되고 있으나, 다른 나무들과 달리 꽃과 잎, 열매는 약용이나 식용으로 잘 쓰지 않는다.

기쁨 세 스푼, 고통 일곱 스푼

죽어가는 생명 사이에서 새 생명을 찾아 골라서 밭 진입부와 가장자리에 둘러 심었더니 수년 만에 제법 나무 구실을 할 만큼 쑥쑥 자라서 이젠 아름다운 수형을 갖추고 여름이면 푸른 녹음과 가을이면 노란 단풍을 뽐내듯 자랑하게 되었다. 메말라가는 무더기 속에서 고통의 시간을 보낸 묘목이 벼린 모습으로 새로운 목숨을 얻었다. 바람과 햇빛을 막아 건조를 더디게 해준 동료의 희생이 없었다면 단 몇 그루의 나무도 다시 살아남지 못했을 것이다.

국내에서는 좀체 보기 어렵지만 유럽의 자작나무 가로수에는 참나무에 기생하며 생명을 부지하는 겨우살이가 수없이 매달려 겨울철이면 장관을 이룬다. 살아남은 자작나무 숲에도 겨우살이가 만개한다면 또 다른 경이로운 풍광과 생명의 장을 연출할 텐데 보고 느낄 수 없는 아쉬움이 아른거린다. 겨우살이는 남에게 빌붙어 자신의 생명을 이어가는 기생식물로 자신의 삶을 위해서 숙주목의 희생을 요구한다.

새 생명을 구하려면 누군가의 희생이 따라야 하는 것이 자연의 법칙이다. 생사를 가르는 삶의 한 모퉁이에서 모진 생명을 잇기 위해서는 무엇을 어떻게 해야 하는지 살아남은 묘목에서 한 수 배운다.

삶은 기쁨 세 스푼에 고통 일곱 스푼이라 했다. 삶의 여정에선 누구든 힘든 고통을 수반하기 마련이다. 이러한 수난들은 살아가는 데 오히려 더욱 숙성되고 잘익은 바탕이 되기도 한다.

인생은
오늘도
나무를
닮아간다

03

느릅나무

Ulmus davidiana var. Japonica

기다리면 이루어진다

끈질긴 생명의 아우성

"저게 뭐지?"

새로 마련한 농가주택 잔디밭 귀퉁이 원두막 기둥뿌리 곁에 북채처럼 생긴 둥그런 공 방망이가 뒹굴고 있었다. 가만히 살펴보니 이식하려고 캤던 나무인지 이식해서 죽은 나무였는지 알 수 없으나 둥치는 잘려 나가고 뿌리분의 흙은 추위에 꽁꽁 얼어 있었다. 발로 툭 차니 자욱눈 위에서 빙그르르 원을 그리며 돌아누웠다. 내다 버릴까 하다가 겨울 지나 따뜻한 계절 초입에 다른 것들과 함께 정리하리라 마음먹고 돌아섰다.

잔설이 녹고 훈풍이 불어올 즈음, 구석구석 봄맞이 대청소를 했다. 마당을 쓸고 정리를 하다가 원두막 쪽을 보니 둥그런 공을 매단 막대기가 누워 있었다. 잊고 있었던 바로 그 공망치 나무토막이었다. 버려야겠다고 생각하며 들어 보니 허리가 저려올 정도의 무게감이 느껴졌다. 아직 뿌리분이 해빙이 안 되어 도로 내려놓으니 언 땅에 부딪쳐 구르며 딸깍, 달그라락 소리가 났다.

잘려나간 목대를 살펴보니 아직 모두 마르지는 않아 보였다. 죽지 않은 생명이라 버릴 수도 없어서 화단 빈자리에 구덩이를 파고 심었다. 힘들여 심긴 했지만 도저히 살 수 있을 것 같지 않아 보였다.

만물이 소생하는 농익은 봄이 거의 지나갈 즈음, 잡초를 뽑는다고 화단을 둘러보니 잊고 있었던 주변 잎새에 가려진 공망치가 한 움큼 새 움이 트고 있었다. 오랫동안 방치되어 있어서 기대도 하지 않고 있었는데 잘려진 둥치 부위를 따라 빙 둘러 한 뼘씩이나 새 움이 트다니! 무슨 나무일까 궁금해서 가만히 들여다보니 느릅나무였다.

아! 끈질긴 생명의 아우성에 탄성이 절로 나왔다. 그때 그냥 버렸더라면 귀한 생명을 잃을 뻔했던 것이다. 잘 자라도록 보살펴야겠다고 여기며 새 움을 너덧 개만 남기고 잘라 정리했다. 남은 움지들이 쑥쑥 커나가기를 바라면서 자른 움지를 주변에서 비집고 올라오는 잡초 위에 덮었다. 잡풀 성장도 억제하고 썩으면 거름이라도 되겠지 하는 마음이었다.

느릅나무는 사람과 마찬가지로 변하는 환경에 적응해 한 번 만에 자리잡기가 힘이 드는데 땅 내음을 맡고 제자리를 잡으니 크는 속도가 무척 빨랐다. 주말이 되어야 겨우 들러서 보게 되는데 볼 때마다 한두 뼘씩 크는 새싹이 경이롭게 느껴졌다.

우후죽순이라 했는데 죽순보다 더 잘 자란다는 생각까지 들 정도여서 사람도 이렇게 자랄 수 있다면 키 작은 사람은 없을 것 같았다. 키다리 왕국에서 기린처럼 목을 길게 내뽑고 휘청휘청 걸음마를 떼면서 싱거운 삶을 살지도 모를 일이고, 선반 위에 엄마가 올려 숨겨둔 사탕도 냉큼 내려서 먹을 수 있을 것이다. 천정에 매달린 등기구 전구도 쉽게 갈아 끼울 수 있을 테고, 사다리와 감 따는 장대도 필요 없을 것이다. 아이처럼 공상의 날개가 퍼득였다.

코나무라 불리는 이유

느릅나무는 "꿈에 나타나면 행운이 온다"는 속설이 있을 정도로 우리에게 친숙하고 유익하며, 서로 좋은 관계를 맺고 살아온 나무다.

느릅나무는 옛부터 습기를 좋아해 온대 북부지역 산기슭 음지나 물가 근처에 살면서 사람들에게 약용과 구황식품을 채취하던 식물로 귀한 대접을 받았던 나무다. 봄철 물오른 속껍질을 벗기고 말려 가루를 내어 밀이나 쌀가루에 버무려져 배고픔을 달래 주기도 했고, 어린 순을 따서 국을 끓여 먹기도 했다. 이 국은 락트카리움 성분이 함유되어 있어서 상추를 먹으면 잠이 오듯 천연 수면제 역할을 했다.

느릅나무는 뿌리 근처에서 벗긴 껍질을 물에 담그면 콧물처럼 끈적끈적한 점액질이 나와 '코나무'라는 별칭으로 불리기도 한다. 껍질에는 항암에 효과 있는 성분을 함유하고 있고, 비염, 축농증 등 코 질환에도 좋다. 특히 부스럼이나 종기, 종창 등 염증에도 탁월한 효험을 보여 준다. 발목이나 손목을 삐었을 때 껍질을 찧어 환부에 붙이면 붓기가 빠져 부종 치료의 민간요법으로 흔히 쓰이기도 한다. 등짐을 지고 나르던 아버지가 발목을 삐끗했다며 느릅나무 뿌리를 캐어 찧고 빻아서 발목에다 붙이고 붕대를 감아 매고 절뚝거리며 지내던 기억도 새록새록하다.

한방에서는 뿌리 부분의 껍질을 '유근피', 목대 껍질을 '유피'라 칭했다. 동의보감에도 "느릅나무는 성질이 평(平)하고, 맛이 달며, 독이 없고, 부드러워 대소변을 잘 통하게 하고, 위와 장의 사열을 가라앉히고, 불면증을 낫게 한다."고 나와 있다. 장복을 하면 간이나 콩팥에 무리가 가고, 소화기능이 약화될 우려가 있어 몸이 차가운 사람은 복용을 피하는 게 좋다.

느릅나무는 보통 키 2~30미터, 직경이 1미터 정도까지 크게 자라는 낙엽활엽교목으로, 강원도 삼척에는 수령 400년이 넘은 천연기념물로 지정된 노거수가 있을 정도다. 요즘은 조경수로 재배되기도 하는데 꽃은 4월에 잎이 돋기 전 잎겨드랑이에서 7~15개가 자잘하게 돋아나 흔히 물색이라 하는 갈자색으로 뭉쳐서 핀다.

느릅나무는 장미목, 느릅나무과, 느릅나무속에 속하는데 잎이 거꾸로 된 달걀 모양의 타원형으로 끝이 뾰족하고 겹 톱니 모양을 하고 있다. 뒷면에 거친 털이 까실까실하게 돋아 있다. 가을에 마른 잎이 떨어지면 사르르륵 소리를 내며 바람에 휩쓸려 다니는 모습이 조금은 어수선해 보이기도 하지만 황갈색 단풍으로 변한 낙엽 무리가 가을 정취인 낭만적 분위기를 연출하기도 한다.

열매는 당느릅나무와 흑느릅나무는 4~5월에, 참느릅나무는 9~10월 경에 익는데, 술이나 장을 담그기도 하고 이뇨제로 쓰기도 한다. 씨방 주위에는 동그랗게 날개가 달려 있어 동전 모양을 하고 있는데 언뜻 보면 동전이 나무에 주렁주렁 매달려 있는 것처럼 보인다. 당느릅, 흑느릅, 참느릅나무 외에도 민느릅나무, 난티나무, 비술나무 등도 모두 느릅나무에 속한다.

목질은 나이테가 뚜렷해 무늬가 아름답고 우수하여 건축가구재, 차량 선박재, 악기, 우산이나 양산의 손잡이, 흽의자 등에 쓰이고, 껍질은 밧줄이나 스키 제작에도 사용된다. 특히 맹아력이 좋고 발근력이 우수하여 이식을 하여도 활착력이 강하고 내음성, 내한성이 강해 조경용수로 적합하지만 가뭄에 견디는 내조성이나 도시나 공장 등에서 주로 발생하는 공해를 이겨내는 내공해성에는 약한 편이며, 수액을 채취하여 도자기 광택을 내는 데 사용하기도 한다.

싹이 터서 자라는 시간

지금은 그 공망치의 잘려진 목대에서 살려 두었던 5가지 중 하나가 도태되고, 살아남은 가지 4개가 자라나서 직경 30cm 정도의 성목이 되었다. 물론 잘렸던 부위는 이미 네 가지 사이에서 새 살이 차올라 눈을 씻고 봐도 그 흔적을 찾을 수 없다.

시간을 기다릴 줄 모르면 하고자 하는 목적을 이루기가 어렵다. 꿈을 이루었다는 것은 힘들고 고통스러운 어려운 처지에서도 참고 기다리며 지난한 세월을 이겨낸 결과다. 그 마지막이 벼랑 끝에 서 있게 되더라도, 과정에서 피 흘리는 상처를 입더라도, 기다림으로 그것을 이겨내는 게 살아가는 이치다. 시간은 희망의 의지를 넘어 생명을 이어주는 연결고리이기 때문이다. 기다림은 희망의 씨앗이 싹이 터서 자라나는 시간이고, 무언가를 성취하기 위해서 펼쳐 놓은 구구절절 절실한 마음자리다. 결과가 기대에 미치지 못하더라도 그 기다림의 시간은 삶을 생생하게 받쳐 주는 가치 있는 일이다.

공망치 느릅나무는 수년의 기다림으로 죽음의 기로에서 살아나 아픈 흔적을 감추고 왕성한 성장과 생명의 불꽃을 피워내 대물림하는 지경에까지 이르렀다. 이제는 해마다 잔디밭에 후손을 뿌려대어 성가시기가 이루 말할 수 없다. 한번 허리가 잘렸던 아픔과 내동댕이쳐졌던 아픔이 커서 그런지 왕성한 번식력에 정신줄을 놓을 정도다. 뿌린 씨앗이 자라나 벌써 어미 나무보다 더 크고 굵게 자란 놈도 있다. 자연의 이치에 따른 생명 탄생과 성장의 존엄함이 참으로 위대하게 느껴진다. 자연의 위대하고 큰 생명력과 적응력 앞에서 또 한 번 커다란 깨달음을 받는다.

04

왕벚나무

Prunus yedenisis Matsumura

마음의 상처 돌보기

부러진 벚나무의 속살

"부르르릉-쿵!"

"뿌지-지이-직!"

"철퍼덕-쿵더덕-쿵!"

보일러 등유를 채우려고 집 앞에서 차를 돌려 후진하던 주유소 탱크로리 트럭이 대문 문설주 옆 왕벚나무를 사정없이 들이받았다. 뿌리가 튼튼해서인지 뽑히거나 들뜨지 않고 둥치가 부러져 넘어졌다. 15년을 정성들여 키운 나무인데 순식간에 허리가 잘렸다.

어쩔 줄 모르는 기사를 향해 속은 쓰리고 가슴은 아팠지만 괜찮다며 억지웃음을 보였다. 일부러 그런 것도 아니고 보일러실이 주차장에서 멀어 조금 더 가까이 가려고 하다가 생긴 실수이니 어쩔 수 없었다.

살펴보니 절단된 부위 바로 아래쪽에 젓가락만한 새싹이 하나 간들간들 붙어 있었다. 부러진 부위를 톱으로 자른 후 방부제를 발랐다. 휑하니 빈자리가 어색했지만 움튼 새순을 키우는 게 새로 큰 나무를 사다 심는 것보다 낫겠다 싶었다.

세월이 약이라고 이제 그 젓가락 같던 순이 자라 제법 수형을 갖췄다. 부러진 둥치 부위와 움튼 부위도 새로 자라난 껍질로 덮였다. 구부정하게 자란 가지 주변의 오므린 피부를 제외하면 부러져 자란 나무라고는 언뜻 느끼지 못할 정도가 되었다. 나무의 왕성한 치유력이 놀라웠다.

상처를 간직한 나무

겉으로 드러난 상처야 수술을 통해 회복할 수 있지만 마음의 상처는 오직 자신만이 알고 이겨내야 하는 고통이고 내홍이다. 마음에 새겨진 상처도 나무처럼 짧은 시간에 원래처럼 표시 안 나게 회복되면 좋지 않을까.

인간의 생명은 육체적인 것과 정신적인 것이 있는데, 심장이 멈추는 것은 육체적인 죽음이고 뇌가 죽는 것은 정신적인 죽음이다. 전멸하는 육체적 죽음이야 죽는 순간 모든 것이 종결되지만, 육체는 살아 있으되 뇌만 멈추는 것은 자신은 물론이고 주변에도 크고 심한 고통을 동반하게 한다.

겉은 멀쩡해 보이지만 그동안 틔운 싹에 생명을 불어 넣으며 살아보려고 혼신을 다했을 생각을 하니 가슴이 저며 왔다. 식물이든 동물이든 생명은 귀중한 것이다. 그 귀한 생명력은 남이 지켜 주는 게 아니라 스스로 지켜내야 하는 것임을 새삼 깨닫게 되었다.

이런 왕성한 생명력을 보이는 것은 식물뿐이 아니다. 세상의 생물이 모두 크든 작든 스스로의 치유력으로 치열한 전투를 치르며 목숨을 이어 나간다. 그 중에서도 특히 벚나무 류는 겉보기엔 상처 부위의 치유력이 탁월해 보이지만 속으로는 썩거나 상처를 간직하고 있는 경우가 많다. 그래서 웬만해선 제법 굵은 가지를 자르거나 껍질에 상처를 내는 행위를 하지 않는 편이 좋다. 만약 부득이 상처가 생겼다면 반드시 방부제 처리를 하고 빗물이 들어가지 않게 보양해 주어야 한다. 그렇지 않으면 속에서부터 부패가 진행되고 병충해의 서식지가 된다. 겉보기는 멀쩡하게 보여도 병충해로 속이 텅텅 비게 되거나 비바람에 꺾여 생명을 다하게 되고, 수형도 망가지게 된다.

사람이나 나무나 속이 비면 속빈 강정처럼 허술하고 약하게 된다. 내면을 튼실하게 채워야 하는 이유다. 강인한 정신에서 강한 체력이 나온다는 말도 있지 않은가. 겉껍질이 상처를 덮어 내면을 감추고 덧자란 가지가 주근이 되었지만, 부러진 벚나무의 속살도 튼튼히 채워졌기를 희망해 본다.

우리나라 고유 재래종

왕벚나무는 장미목, 장미과, 벚나무속의 낙엽활엽교목으로, 보통 키가 10~15미터 크기로 자라고, 줄기는 회갈색이나 짙은 회색으로 가로로 긴 눈껍질이 나 있다. 우리나라 자생종인 올벚나무와 산벚나무의 교잡종인 제주 왕벚나무, 올벚나무와 오시마 벚나무의 교잡종인 일본 왕벚나무 두 종류가 있다.

제주 한라산과 전남 해남 대둔산의 해발 165~853미터 사이에 분포하고 있는 제주 왕벚나무는 제주도 관음사, 봉개동, 신례리와 전남 해남 대둔산 자생지에서만 자라고 있어 모두 천연기념물로 지정 보호되고 있다.

일본 왕벚나무는 자생지가 없는 인위적인 교잡으로 개발되어 재배한 것들이 가로수, 정원수로 널리 식재되고 있다. 이리 군산 간 도로, 진해, 하동 쌍계사 입구, 낙동강 하구언 주변, 여의도 윤중제를 비롯한 전국의 수많은 공원, 가로수 등의 왕벚나무들이 대개 이 품종이다.

제주 왕벚나무와 일본 왕벚나무 사이의 유전적 교잡은 없는 것으로 밝혀졌으며, 2016년 일본에서 분류 체계를 정리하여 새 학명으로 발표 등록했다. 이로써 이전의 제주 왕벚나무가 일본으로 전해졌다거나 그 반대되는 주장은 일단락되었다.

박만규 국립과학관장이 1962년 "왕벚꽃은 한라산이 원산지로 우리나라 꽃"이라는 주장을 편 후 제주 원산지론이 국민 상식으로 자리잡게 되었는데, 그 후 일본의 벚꽃축제 문화가 우리나라에서 벚꽃축제나 꽃놀이 문화로 안착하게 하는 데 지대한 영향을 미쳤다고 할 수 있다. 그렇지만 그 축제의 중심에는 우리 제주 왕벚나무가 아닌 재배 교잡종인 일본 왕벚나무가 자리하고 있음이 안타깝다.

그렇다고 왕벚나무를 베어내고 없애거나 교체할 필요는 없을 것 같다. 원하든 원치 않든 끊임없이 교잡종이 자연발생적으로 이루어지고 있기 때문이다. 일반인들이 눈으로 구별하기 어려울 정도의 종을 가지고 민족감정 운운하며 자극하는 것 자체가 불필요한 논쟁이다. 나무를 나무로 보고, 꽃은 꽃으로 보며 즐기면 되지 않겠는가.

물론 귀화 외래식물들이 우리 고유 재래종을 잠식하거나 환경을 파괴할 정도의 위력을 가지고 생태계를 교란하는 것이라면 당연히 문제 삼고 대처해야 할 것이지만, 왕벚나무의 품종을 가지고 설왕설래 할 필요는 없을 듯하다.

왕벚나무 잎은 타원형 달걀 모양으로 가장자리에 예리한 톱니 모양이 있고, 잎자루 끝에 2개의 꿀샘이 자리잡고 있다. 잎은 붉거나 노랗게 예쁜 모습으로 일찍 물들고, 낙엽도 다른 활엽수들에 비해 일찍 떨어지는 편이다.

꽃은 잎보다 3~6개의 산형으로 먼저 피고, 꽃봉오리일 때는 분홍색이지만 개화하고 나면 흰색으로 변하게 된다. 열매는 6~7월에 적홍색이나 자흑색의 버찌가 열리지만, 자기의 꽃가루가 암술에 묻더라도 싹이 잘 트지 못하게 하는 자가수분 억제장치로 근친 교배를 막는다. 씨앗이 부실하여 자연발아가 잘 안 되는 편이기에 자생지 확산이 어렵다. 그래서 우리나라에 제주 왕벚나무가 많이 퍼져 나가지 못했다. 재배종인 일본 왕벚나무가 조경수로 주로 재배되면서 인위적으로 식재된 대부분의 나무가 자리를 차지하게 된 결과다.

봄의 축제를 준비하며

우리 집 대문 옆의 왕벚나무는 제주 왕벚나무 품종은 아닌 것 같다. 종이 무엇이든 내년 봄에는 꽃잎을 바람에 흐드러지게 날리며 자신을 뽐낼 터이고, 나는 또 그 꽃비를 맞으며 봄을 만끽할 것이다.

처서가 지났다. 처서가 지나면 식물들이 성장을 멈추고 겨울 채비를 시작한다. 집 앞 왕벚나무가 물 내릴 준비를 스스로 마쳤는지도 모른다. 곧 붉은 단풍을 자랑하고 잎을 떨군 채 겨울잠에 들어 봄의 환한 꽃 축제를 준비할 것이다.

비록 허리가 꺾여 수년 간 자신을 전부 내보이지 못하는 아픔을 겪었지만, 자연의 순리에 맞춰 역경을 이겨내고 굳센 삶의 의지를 불태우고 있을 것이다. 자가수분 억제로 근친 도태를 대비하는 고도의 교배 전술을 쓰며 뛰어난 생명력으로 봄을 준비하는 왕벚나무를 보며 생명의 귀하고 소중함을 다시 생각해 본다.

그래도 혹시 모르니까 올 가을엔 버찌를 주워 화단에 한번 묻어 봐야겠다. 주변엔 산벚나무도 많고 겹벚나무와 수양벚나무도 있는 만큼 혹시 모를 교잡종인 새로운 품종의 왕벚나무의 탄생을 기대해 보면서 말이다.

인생은
오늘도
나무를
닮아간다

05

참나무

상수리나무 *Quercus acutissima*   굴참나무 *Quercus variabilis Blume*

떡갈나무 *Quercus dentata Thunb*   신갈나무 *Quercus mongolica Fisch*

갈참나무 *Quercus aliena*   졸참나무 *Quercus serrata Murrey*

상수리나무   굴참나무   떡갈나무

신갈나무   갈참나무   졸참나무

치유에는 시간이 필요하다

영광의 흔적

면소재지에서 고향집으로 오는 길을 따라 5리 정도 올라오면 편편한 쉼 마당에 장정 서넛이 안아야 될 만큼 크고 굵은 참나무 한 그루가 서서 자태를 뽐내고 있다. 사람들은 그곳을 '참나무가 서있는 자리'라고 '참나무지(地)'라고 부른다. 넓고 시원한 그늘을 드리워 오가는 사람들에게 휴식처를 제공하고 길손들의 이정표 역할을 하는 나무다. 수령이 얼마나 되는지는 아무도 모른다. 동네에서 제일 나이 많은 어른의 이야기를 들어보면, 자기가 어릴 때에도 지금처럼 컸단다. 울퉁불퉁 갈라지고 부르튼 수피가 지나온 세월의 질곡을 말해주는 듯하다.

둥치에는 사람 머리통이 들어갈 만큼 큰 옹두리가 입을 쩍 벌리고 텅 빈 속을 내보이고 있는데, 수많은 개미들이 줄지어 드나들며 먹이를 나르며 겨울을 준비하고 있다. '옹이'는 나무에 박힌 그루터기나 그것이 난 자리를 칭하지만, '옹두리'는 나뭇가지가 부러지거나 썩어 상한 자리에 껍질이 감싸며 결이 맺혀 뭉툭하게 혹처럼 부풀어올라 자란 부분을 말한다. 애초에 딱따구리가 구멍을 파서 생긴 것인지 가지가 부러지며 생긴 상처가 썩으면서 생성된 것인지는 알 수 없지만, 고난을 딛고 일어선 영광의 흔적이다.

큰 고비를 초연히 넘기고 묵묵히 자연의 순리에 적응해 살고 있지만 인생에 비유하자면 그 크고 깊은 상처를 치유하느라 얼마나 긴 고난의 시간과 고통의 아픔을 이겨내며 지냈을지 상상이 된다.

참으로 좋은 나무

'진짜 나무', '정말 좋은 나무'에서 유래했다는 참나무는 이름에 걸맞게 본연의 역할을 잘 보여 주고 있다. 사람이 살아가는 데 있어서 기꺼이 너르게 자신을 내보이고 희생하는 나무 중의 나무이다.

참나무의 열매인 도토리는 야생동물의 먹이가 되어 주고, 보릿고 개 때는 구황식품으로, 때로는 설사와 원기 보충, 중금속 해독과 뼈를 튼튼하게 하는 약용식품으로 쓰였다. 나무껍질은 코르크 마개와 굴피 집을 비롯한 완충재로, 목재는 화력이 좋아 화목과 질 좋은 숯을 만들 기도 하며, 참나무로 만든 숯은 연기가 나지 않는 장점이 있다. 이 외 에도 가구재, 마루판재, 펄프재 등으로 사용되며, 표고와 영지버섯 재 배목으로, 목질이 단단해 판옥선의 뱃머리용 목재로도 쓰인다. 내공 해성이 강하고 생명력이 강해 척박한 토양에서도 잘 자라며, 조림용 수, 용재림으로 사용되기도 한다.

참나무목, 참나무과, 참나무속에 속하는 통칭 참나무는 히말라야, 일본, 대만, 중국 등 온대와 아열대에 분포한다. 세계적으로 10속 600 여 종이 있으나 우리나라에 4속 26종이 서식해 산림의 약 4분의 1 정 도를 차지하고 있다. 요즘 국제적으로 기후 환경의 이슈가 되고 있는 탄소저장율이 소나무의 2배이다.

보통 우리가 참나무라고 하는 것은 어느 하나의 나무 이름이 아니 고, 상수리, 굴참, 신갈, 떡갈, 갈참, 졸참, 가시, 물갈나무를 총칭한다. 이들은 보통 잎과 열매, 껍질의 성상으로 구분하지만, 바람에 의해 수 분을 교배하는 풍매화로서 꽃가루받이를 하기 때문에 서로 교잡이 많이 일어나 흔히 혼종으로 자라는 경우가 많다.

암수 한 그루 또는 잡성수로 4~5월에 늘어진 꼬리 모양으로 피는 꽃의 수꽃차례는 새가지 아래 잎겨드랑이에서 아래로 처져 달리고 암꽃차례는 새가지 윗부분에 곧게 서서 달린다. 수꽃은 5~8개의 꽃잎에 3~12개의 수술이, 암꽃은 6개로 갈라진 꽃잎에 2~7개의 갈라진 암술대가 있다.

1년생 가지에는 견모가 생성되며, 껍질은 회백색으로 어릴 때는 밋밋하지만 자라면서 세로로 갈라진다. 키 23미터, 지름이 1미터 크기로 자라는 낙엽활엽교목으로, 주로 종자가 떨어져 자연 번식으로 자라며, 맹아력이 강하고 성장 속도가 빠르다.

참나무의 종류

참나무의 큰형으로 대표격인 상수리나무는 임진왜란 때 도토리묵이 수라상에 올라 상수리라는 이름을 얻었다. 잎이 가늘고 길어 밤나무 잎과 유사하고 잎 가장자리가 바늘처럼 뾰족하게 생겼으며, 황갈색을 내는 천연 염료로도 쓰인다.

껍질이 벗겨지는 참사를 당하며 피해를 입은 역사를 간직한 굴참나무는 껍질이 세로로 굵게 갈라져서 굴참나무로 불리게 되었다. 코르크 마개나 완충재, 굴피집 지붕재로 널리 쓰인다. 잎은 가늘고 길며 가장자리가 바늘처럼 뾰족하지만 뒷면이 흰 것이 상수리 나뭇잎과 다른 점이다.

잎이 넓고 두툼하고 도토리가 털모자를 쓰지 않고 달리는 신갈나무는 짚신바닥에 잎을 깔아 신었다고 신갈나무라 불리게 되었다. 새로 나오는 잎이 갈색이어서 신갈나무라 불린다는 이야기도 함께 전해져 오고 있다.

떡갈나무는 크고 넓고 두꺼운 잎으로 떡을 쌌다고 떡갈나무라 했다는데, 잎 가장자리가 톱니 모양을 하고 있으며 떡갈나무의 잎으로 떡을 싸면 변질이 되지 않는다. 또한 탈취 효과가 있어서 잎을 따다 냉장고에 넣어 두면 냄새를 탁월하게 잡아준다. 잎이 마르면 다시 물에 불려 수회 반복해서 쓸 수 있기에 나는 여름철 산행 때마다 잎을 따다가 냉장고에 넣어 그 효과를 톡톡히 체험으로 증명해 보곤 한다. 열매인 도토리는 털모자를 쓰고 있다.

넓이가 중간 크기의 잎을 가진 갈참나무는 늦은 가을까지 잎자루로 잎을 달고 있어서 '가을참나무'라는 이름에서 '갈참'이 되었다고 알려져 있으며, 도토리가 타원형으로 생겼지만 떫은맛이 가장 적어 도토리묵을 만들면 맛이 있어 인기가 많은 나무다.

참나무의 막내라 할 수 있는 졸참나무는 갈참에 비해 잎이 작고 뒷면에 털이 많은데, 잎과 열매가 다른 종류에 비해 작아서 졸병이라고 졸참나무가 되었다. 하지만 경북 영양의 송하리 당숲에 있는 졸참나무는 키가 22미터, 흉고 직경 1.3미터, 수관폭 20미터, 수령 약 250년으로 보호수로 지정되었고, 문화재청에서 졸참나무로는 처음으로 2021년 국가지정문화재 천연기념물로 지정되었다.

요즘은 수입종인 잎의 모양이 임금 왕(王)자를 닮은 대왕참나무나 루브라 참나무 등이 조경수와 산림수로 많이 재배되고 있다.

시들음병과의 사투

주말이면 등산차 자주 가는 원지동 청계산 입구에도 서초구청에서 관리하는 굴참나무 보호수가 자리하고 있는데, 키가 27미터, 나무 둘레가 380cm이며 나이가 225세로 표기되어 있다. 1972년 지정일 기준이니까 올해를 기점으로 따지면 274세다.

여름이면 푸르름이 성성한 굴참나무 아래에는 소공원이 꾸며져 있어 산객들 만남의 장소가 된다. 산행 후 지친 몸을 잠시 쉬어가게끔 그늘을 드리우고 지나는 바람을 휘돌아나가게 해서 시원한 그늘에서 한 모금 목축임으로 지친 일정을 마무리하게 하는 고마운 나무다.

하지만 참나무도 인간사와 마찬가지로 생로병사를 피해 갈 수는 없다. 단단하고 강한 목질을 가졌지만 전국적으로 '광릉긴나무좀벌레'에 의한 '참나무시들음병'이 만연해지고 있다. 감염되면 잎이 시들고 말라죽게 되어 '시들음병'이라 칭하는데, 산에 가면 볼 수 있는 참나무를 잘라 쌓아 약제 살포 뒤 비닐로 꽁꽁 씌워 덮어둔 곳이 참나무시들음병을 구제하기 위해 처방해 놓은 것들이다.

코로나로 뒤숭숭한 요즘 참나무도 시들음병으로 사투를 벌이고 있다. 코로나를 극복하고 일상으로 돌아가 행복한 삶을 염원하는 사람들과 마찬가지로 인간사를 닮은 참나무들이 건강을 회복하여 인간과 서로 보듬고 나누며 사는 세상이 오기를 기대해 본다.

꿀밤이 열리는 참나무는 '도로리 키재기', '개밥에 도토리' 등 사람 생활에 깊숙이 파고 들어 있다. "마음이 맞으면 도토리 한 알로 시장을 멈춘다"는 말처럼 서로 협력을 바탕으로 하루속히 코로나 역경을 헤치고 병마의 고통에서 벗어났으면 싶다.

06

산딸나무

Cronus Kousa

자신은 스스로 지켜야 한다

화단의 새로운 점유자

"저 나무는 없애야 되겠네……."

대구에서 조부 제사차 올라온 사촌동생이 집 벽과 도로 사이 화단에 심겨진 자작나무가 도로 쪽으로 기울어져 굽어 자란 것을 보고 한소리 하자 아내가 기다렸다는 듯이 옆에서 거든다.

"옆집에서 욕먹는다고 아무리 자르라 해도 말을 안 듣네요. 도대체가 머릿속이 우째 생겼는지 알 수가 없당께요."

집을 신축하면서 조경수로 자작나무 12그루를 심었는데 자라면서 무슨 이유인지 하나 둘씩 고사하고 겨우 네 그루가 생명을 부지해 가고 있다.

듬성듬성 이빨 빠진 듯 나무 사이가 비어 속이 상해 있는데, 여름철에 잎이 무성해지자 소나기에 빗물 무게를 못 이겨 활처럼 휘면서 도로 쪽으로 기울어졌다. 다행히 높이가 있어 차량 통행에 지장이 없기에 시간이 지나면 원위치 되겠거니 생각하고 그냥 두었더니 오산이었다. 한 번 고꾸라진 목대는 일어설 기미가 없었고 샛노란 단풍이나 본 후에 손보자고 버티고 있었는데 아내는 대문을 드나들 때마다 잔소리 아닌 잔소리를 늘어놓았다.

"저거 좀 어찌 하라고……."

사촌동생까지 가세한 공격에 더는 못 버티고 당장 자른다며 톱을 들이댔다. 자작나무 한 그루가 잘려 나가자 화단은 더욱 볼품없이 휑해졌다.

잘라진 채 누워 있는 나뭇가지를 자르며 보니 자작나무 아래에서 새 생명이 자라고 있었다. 화단 난간에 가려져 그동안 잘 모르고 지냈는데 잘려나간 자리에 마당의 산딸나무 열매가 떨어져 싹이 터서 고만고만한 네 그루가 한 뼘 정도로 서로 키재기를 하고 있었다.

벚나무와 화살나무, 단풍나무도 한 그루씩 발아하여 낙엽을 비집고 올라와 같이 성장하고 있었다. 도시의 척박하고 비좁은 화단에도 새 생명이 자라는 게 대견해서 잘 키워야겠다고 다짐하고 아침저녁으로 출퇴근 할 때마다 정성어린 눈길로 보살펴 주었다.

시간이 지날수록 산딸나무는 왕성한 성장력으로 화단을 차지했다. 먼저 자리했던 자작나무는 하나 둘 가지가 도태되며 수형이 망가트려지더니 조금씩 자리를 산딸나무에게 내어주기 시작했다. 자연의 섭리에 숙연한 마음 한 구석으로 점유자의 막강한 힘이 느껴지자 머리가 곤추섰다.

예수가 못 박힐 때 쓰인 나무

산딸나무는 층층나무목, 층층나무과, 층층나무속의 낙엽활엽교목으로, 한국이 원산이지만 세계적으로 40여 종이 있다. 미국, 일본, 중국, 페루 등에서 자라고 있고, 이 중 14종 정도가 미국에 분포하고 있다. 이는 유사종인 일명 '꽃산딸'이라 부르는 키 5미터 정도로 자라는 소교목인 서양 산딸나무 류이다.

9~10월에 익는 빨간 열매가 산에서 자란 딸기와 비슷하다고 하여 산딸나무라 부르게 되었다는 것이 정설이다. 미국에서 '개나무

(dogwood)'로 불리기도 한다. 17세기 초 영국에서는 산딸나무 껍질을 달인 물로 개를 목욕시켰고, 개에게 물린 상처 치료에도 쓰였다. 남북전쟁 때에는 지혈과 속골 효과*로 외상치료와 골절상을 입은 부상병 치료에도 쓰였다고 한다.

산딸나무의 키는 5~15미터 정도로 크고, 온대 중부 이남 평균 기온 섭씨 16~30도 정도의 토심이 깊은 비옥토에서 생육이 좋으며 실생으로 번식한다. 하지만 건조에 취약하여 공기 중 습도가 낮으면 잎 끝이 마르는 현상이 생기기도 한다. 햇빛은 음지나 양지를 특별히 가리지 않고, 토질은 약산성을 띤 PH 5.5~6.5 정도의 땅을 좋아한다. 뿌리는 직근과 측근이 발달해 얕게 식재할 필요가 있고, 비료를 주면 고사하기도 하니 시비시에 신경을 기울여야 한다.

옛부터 인디언들이 뿌리 추출액으로 담뇨와 허리띠를 염색하는 염료로 사용한 기록도 있는 산딸나무는 내공해성, 내한성, 맹아력이 좋고, 꽃, 단풍, 열매가 아름다워 관상수로 주로 식재된다. 나무껍질은 잿빛, 갈색으로 자라면서 조각으로 터서 비늘 조각처럼 탈피한다. 껍질에는 키니네 성분을 함유하고 있어 방부제, 해열제, 강장제의 원료

---

* 뼈와 허리 통증, 발 부위 통증을 좋게 하는 효과

로 쓰이고, 피로회복과 신경통 치료에 특별히 효과가 있고, 황산철을 섞어 흑색잉크를 만들기도 한다. 추출액은 말라리아 환자가 복용하기도 하고, 가지는 꺾어 이를 닦는데 사용하기도 했는데 맛은 떫다.

목재는 나뭇결이 고와 가구재, 장식재, 조각재, 도마, 베틀, 다듬이 방망이, 쟁기, 나막신, 오보에와 플룻등 목관악기를 만드는 재료로 주로 쓰인다. 『성서』에는 나오지 않는 전설적인 이야기지만 기독교에서는 예수가 못 박힐 때 쓰인 나무로 잘 알려져 있다. 예수가 못 박히고 난 후 산딸나무를 가엾게 여겨 다시는 형주에 사용하지 못하도록 작아지게 했고, 꽃받침에 예수 손에 박힌 못자국이 녹색으로 나타나게 되었다고 한다. 그래서 서양 산딸나무는 키가 5미터 소교목 정도로 자라게 되었다는 것이다.

꽃은 5~6월에 '十자' 모양 턱꽃잎 4장이 주로 흰색으로 피는데 분홍색도 있다. 암수 한 그루 가지 끝에 20~30개 공 모양으로 모여 달려서 곤충을 유인해 꽃가루받이를 쉽게 한다. 1개의 암술에 4개의 수술이 있고, 꽃말은 '견고함, 희생'인데, 향이 좋아 마음을 안정시키고 혈압을 강하한다.

잎은 마주나기로 타원형이다. 산수유 잎과 유사하게 생겼으며, 뒷면 맥액에 털이 많은 특징이 있다. 어린잎은 삶아 나물로 무쳐 먹기도 하며, 잎의 가장 자리는 밋밋한데 잔물결 모양의 톱니가로금이 있고, 칼슘 성분이 많이 함유되어 있으며, 가축의 사료로도 좋다.

특히 가을에 적갈색 단풍이 들면 예쁘다. 사계절의 변화를 알린다고 하여 중국 『본초도감』에서는 '사조화(四照花)'라 부르기도 한다. 잎을 빻아서 환부에 붙이면 외상치료와 골절상치료에 좋으며, 말려서 달여 복용하면 소화불량, 배탈, 설사, 이질, 위염, 위궤양과 습진 치료에 좋다. 맛은 떫고, 기능성 화장품의 원료로 쓰이기도 한다.

열매는 취과(聚果)로, 동물이나 조류의 먹이가 되기도 하지만 식용으로 담금주, 차나 청으로 만들어 복용한다. 달이거나 생으로 먹기도 하는데 타닌, 구연산, 과당이 함유되어 있어 맛은 달고 성질은 독성이 없다.

『본초도감』에는 꽃과 열매를 '야여지(野茹枝)'로, 한방에서는 '산예지', '사조화', '소자축'으로 소개하고 있으며, 『중약대사전』에는 '천엽사조화', '협엽사조화', 『홍화중초약』에서는 '여야지(茹野枝)'로 나와 있다. 제주에서는 '틀낭'이라고 부르고, 지방마다 박달나무, 쇠박달나무, 미영꽃나무, 들매나무, 소리딸나무, 굳은산딸나무, 애기산딸나무, 딸나무 등으로 부르기도 한다.

천연기념물로 지정된 고창 문수사 단풍나무숲이나 강진 까막섬 상록수림, 고흥 금탑사 비자수림, 함양 상림의 주요 수종도 이 산딸나무이다. 병충해는 반전병, 흰불나방, 당무늬 풍뎅이의 피해가 있긴 하지만 특별한 방제를 하지 않아도 잘 자라는 편이다.

약육강식의 세계

자작나무 아래서 싹튼 산딸나무가 땅내를 맡고 나니 우후죽순처럼 자랐다. 3년이 지나 우위를 점하기 시작하자 자작나무가 서서히 도태되기 시작했다. 이제 키는 3층 지붕과 나란히 할 만큼 훌쩍 컸다. 굵기가 양쪽 손가락을 활짝 펴서 둘러 잡아도 닿을락말락할 정도로 자랐다. 남아 있던 자작나무는 한 그루를 남기고 모두 고사했다. 역시 인위적으로 심은 재배종보다 자생적으로 자란 자연종이 우위다. 야생의 힘이다. 비료를 주면 죽을 정도로 스스로 강인한 생명력을 보이며 자라는 산딸나무를 옮겨 심은 자작나무가 어떻게 이기겠는가.

자연의 힘은 예측을 불허할 만큼 크고 위대하다. 자연은 스스로 조절하며 맞추어 나아간다. 농작물이 잡초에 뒤지듯 자연은 약육강식의 법칙으로 유지된다. 나무는 자라면서 처연한 삶의 과정을 통해 자기

영역을 확보하고 치열한 승리를 만끽한다. 자기 목숨은 스스로 지키는 것이다. 산딸나무와 자작나무의 생사를 건 싸움을 보며 생명은 귀하고 존엄한 것이라는 것을 다시 한 번 생각해 본다. 약육강식의 치열한 모습을 보는 것 같아 마음이 편치 않다. 이제 한 그루 남은 자작나무가 자리를 지키고 있긴 하지만, 언제 어떻게 산딸나무에게 자리를 내어줄지 궁금하다.

그래도 자작나무에게 한 번 더 눈길이 간다. 올 가을엔 붉은 산딸나무의 단풍보다 노란 자작나무의 단풍을 보고 싶다. 생명의 소중함이야 모든 생물에게 귀중한 것이지만, 점유자 산딸나무의 씩씩한 자람보다 애잔한 마음을 갖게 하는 자작나무에게 자꾸만 눈길이 간다. 사람의 마음은 약자에게 더 쉽게 닿는 모양이다.

인생은
오늘도
나무를
닮아간다

07

엄나무

Kalopanax pictus NAKAI

가시 돋힌 이기심

뿌리 잘린 고목

"이쪽에 심으면 좋을랑가?"

"거기에 하나 심고, 건너쪽에 하나 심는 게 좋겠는데?"

수년 전, 고향 범뒤미밭 입구 길섶 언저리에 엄나무 묘목을 심었다. 여름철 밭일하고 지친 몸을 보양하려면 닭백숙을 끓여 먹어야 한다며 동생이 사온 묘목이다. 엄나무는 가시가 엄하게 보여 옛부터 귀신을 쫓고, 집안의 복을 기원한다는 풍습이 있었다. 밭 입구 양쪽에다 심어 그 풍습을 잇자고 했더니 동생이 그리 하자며 웃는다.

이튿날 출근길, 헌릉로 서울아동병원을 지나 염곡교차로 못 미치는 곳에 옹벽 공사를 하느라 차들이 서행을 했다. 가만히 쳐다보니 그 동안 무심히 지나쳤던 건너편 인도에 아름드리 고목 한 그루가 서 있었다. 도로가 확장되어 차도와 인도의 높낮이 차이가 생기면서 뿌리가 잘려나가자 고목을 보호하기 위한 옹벽을 세우는 중이었다. 도로 선형을 몇 미터만 바꾸었으면 나무에게 피해를 주지 않았을 텐데 하는 아쉬움이 일었다. 살펴보니 옆으로 넘어져 기대선 보호수 간판에 엄나무라 쓰인 안내문이 언뜻 읽힌다.

"아니? 저렇게 굵고 큰 게 엄나무라고?"

내심 놀란 마음에 심장이 쿵쾅거렸다. 지금껏 그저 몇 움큼 정도 되는 굵기를 가진 엄나무만 보아온 탓이었다. 나중에 다시 찾아 확인해 보리라 생각하며 출근길을 재촉했다.

잡귀 쫓는 가시

엄나무는 내한성이 강해 영하 섭씨 40도까지도 생육이 가능해 원산지가 중국 남서부에서부터 한국과 일본을 포함해 사할린 지역까지 분포하는 미나리목, 두릅나무과, 음나무속의 유일종으로 낙엽활엽교목이다. 유사종으로는 잎 뒷면에 빽빽이 난 털을 가진 털음나무, 가는 잎음나무 등이 있다.

'음나무'로 쓰기도 하고, 일명 개드릅나무, 엉개나무로 불리기도 한다. 다른 이름으로는 자추목(刺秋木), 엄목(嚴木), 총목, 자동(刺桐)이 있으며, 엄나무는 한자로 오동나무 동(桐)자를 쓰기에 가시 있는 오동나무라고 해동목(海桐木)이라 쓰기도 한다. 가시가 많아 지역에 따라 '며느리 채찍', 산세 깊은 산중마을에서는 대문에 엄나무 줄기를 걸어 놓고 호랑이의 침입을 막았다고 '호랑이가시'로 불리기도 했다.

키가 10~25미터까지 자라는 속성수로 응달에서 발아율이 높아 어릴 때는 내음성이 있으나 자라면서 햇볕을 좋아하는 것으로 알려져 있다. 재질은 심재와 변재의 구별이 잘 안 되고, 나이테가 불분명해 가구재, 조각재, 건축재, 악기재로 쓰이지만 갈라짐이 심하다.

번식은 실생으로 하지만, 7월에 산형꽃차례로 어린 가지 끝에 연노란색으로 피는 꽃이 지고 나면, 새들이 핵과인 검게 결실된 1~2개의 씨앗이 들어 있는 열매를 먹고 과육을 소화시켜 씨앗을 배설해 퍼트리는 조매화이다.

가시는 어린 가지일수록 크고 강하게 달려 있지만 자라면서 점점 퇴화되어 사라지며, 토심이 깊고 적윤성이 있는 토질에서 생육이 좋다. 나무껍질은 회백색을 띠고 세로로 불규칙하게 갈라진다. 가지에 달리는 잎은 어긋나기이며 잎자루가 길고 잎의 모양은 둥글다. 잎몸이 5~9개로 갈라진 손바닥 형태로 가장자리에 톱니가 있다.

엄나무의 한약재의 명칭은 해동피(海桐皮)이다. 엄나무 가지를 닭백숙 끓일 때에 넣으면 육질이 부드러워지고 냄새가 제거된다고 알려져 있으나 한약에서는 보신재보다는 주로 치료제로 쓰인다. 원기 회복, 면역력 강화, 항암작용, 간염, 간경화, 풍습으로 인한 관절, 무릎 통증, 허리통증 완화, 퇴행성 관절 질환, 스트레스 해소, 우울증, 여드름 등의 피부질환, 당뇨 예방, 기관지와 마비증세 개선 등에 쓰인다. 『동의보감』에는 "허리나 다리를 쓰지 못하는 것과 아픈 것을 낫게 한다. 적백이질, 증악과 곽란, 옴, 버짐, 치통, 눈핏발, 풍증을 없앤다"고 나온다.

옛날에는 질병이나 흉사가 나쁜 귀신의 짓이라고 여겼다. 귀신도 사람처럼 가시에 찔리는 걸 싫어한다고 생각해 엄나무 가지를 잘라 처마 밑이나 문설주에 매달거나 대문 입구에 엄나무를 심어 흉사를 예방하거나 퇴치하는 풍습이 있었다. 집에 걸어둔 엄나무 가시 때문에 제삿날 조상이 집안으로 들어오지 못했다는 우스갯소리도 있다. 그 외에도 말라리아 환자를 엄나무 숲에 데려가 병을 낫게 해달라는 기도를 올리는 풍습도 있었다고 한다.

인간의 횡포

미국이나 유럽에서는 잎이 열대식물을 닮았다고 관상수로 재배하기도 하고, 국내에서는 노거수인 청원 공복리 엄나무, 삼척 궁촌리 엄나무, 창원 신방리 엄나무군락지를 천연기념물로 지정하여 보호 관리하고 있으며, 시도기념물로 지정되어 관리되고 있는 제천 교동 엄나무가 있고, 귀신을 쫓는 나무로 알려진 보은 성지리 엄나무, 당산나무로는 무주 설천 신곡리 엄나무가 전국적으로 유명세를 타고 있는 엄나무들이다.

특히 충북 보은 탄부면 성지리 엄나무는 "마을 형세가 그물을 친 형상을 하고 있다" 하여 망지(網地)라 불리는데 큰 망지와 작은 망지 사이에 가름재란 이름으로 불리는 고개가 있고, 그 고개에 명당자리가 자리하고 있다. "그곳을 지나가던 노승이 그 명당터에 산소를 들이지 못하도록 엄나무로 만든 말뚝 네 개를 박고 갔다"고 하는 전설이 전해진다. 그 후 네 그루 중 세 그루는 불에 타 소실되고 현재 한 그루가 살아 남아 키 23미터, 둘레 4.2미터의 거목으로 자라 370여 년 생이 되었고, 보은군 보호수로 지정 관리되고 있다.

이렇게 국가 또는 지자체, 마을 등에서 극진한 보살핌을 받고 있는 늙은 엄나무들에 비해 헌릉로 탑성마을 입구에 버티고 선 노거수 엄나무는 해를 거듭할수록 도태되어 가고 있다. 수형의 4분의 3 정도를 잃고 잘려 나간 둥치를 볼 때마다 가슴이 아린다.

자연에 대한 인간의 이기적인 횡포는 끝이 없다. 사람이나 나무나 생명을 가진 생물은 나이 들고 병들면 쇠약해지고 도태되기 마련이지만 수백 년을 살아온 나무의 생육에 피해를 주는 것은 인간의 과욕이 아닌가 싶다.

서초동 대법원 앞과 개포동 구룡터널 입구에 서 있는 향나무도 볼 때마다 헌릉로 엄나무와 같은 염려와 걱정이 앞선다. 나름 관리하고 보살핀다고는 하지만 자연적으로 스스로 자라고 번식할 수 있는 장을 마련해 주어야 하지 않겠는가. 개발이라는 명목으로 생명을 잃지 않도록 고려하고 검토하는 배려와 사랑이 필요하다. 넉넉히 내어주는 너른 품의 아량을 베푼다면 공생하는 기쁨으로 행복을 만끽할 수 있다. 생명에 대한 소중함과 오랜 역사를 지닌 연륜을 귀히 여기는 풍토와 법적 장치가 마련되었으면 하는 바람이다.

인생은
오늘도
나무를
닮아간다

08

느티나무

Zelkova serrata (Thunb.) Makino

영원함을 꿈꾼다

세검정의 후손목

자하문 터널이 새로 뚫렸다. 효자동을 휘감고 청운동을 휘돌아 창의문 턱을 휘넘은 뒤에 누상동을 휘둘러 꼬불꼬불 오르내리던 자하문 고갯길이 직선으로 뻥 뚫린 것이다.

고개를 넘으면 꾸불꾸불 개천을 따라 상명대학교 앞 삼거리까지 이리 굽고 저리 굽어 이어진 2차선 도로가 개천을 복개하여 넓게 확장되면서, 일명 세검정 느티나무로 불리던 노거수가 도로 한가운데로 나앉게 되었다.

기나긴 세월 동안 자하문을 넘나들던 사람들을 지켜보며 마을의 신목으로 민초들과 삶을 함께한 나무이니 당연히 살려야 한다는 마을 주민들의 민원이 비등할 수밖에. 그 자리에 살려두고 도로를 내느냐 옮겨야 하느냐로 설왕설래 하다가, 결국 위치가 커브길 중앙부 지점이고 도로 주변 특성상 안전에 위험이 있다고 판단해 이식하는 것으로 결론이 났다.

공사기간을 감안해 이식에 소요되는 기간이 3년으로 책정되었다. 첫해 봄에는 수형을 최대한 살리는 범위 내에서 가지를 전정하고 이식에 불필요한 뿌리를 자른 후 이듬해 봄에 나머지 뿌리를 자르는 뿌리 돌림을 실시하여, 3년차 봄에 이식을 하는 절차로 진행하기로 했다.

이태 동안 순조롭게 진행된 이식 준비는 당해년 이식 시기에 부닥쳐 뿌리분을 떠서 100톤 크레인 두 대를 동원해 들어올렸으나 꿈쩍도 하지 않았다. 2년 여에 걸쳐 표면에 드러난 것뿐만 아니라 주변으로 뻗어나간 뿌리를 바위가 노출될 때까지 파내려가 모두 뿌리돌림을 했기에 나무가 바위 위에 자리잡아 달랑 들어올려질 거라 예상했다. 하지만 단 1cm도 꿈쩍하지 않는 데에는 속수무책이었다.

결론은 바위 틈새로 다른 뿌리가 속에서 아래로 박혀 있다는 이야기로 귀결되었으나 바위 속이라 확인할 방법도 없고, 캐내거나 잘라

낼 방법도 없었다. 고민 끝에 여러 석공들을 데려다가 바위를 제거하려 문의했으나 모두 불가능하다는 답변만 돌아왔다. 어쩔 수 없이 내린 최종 결론은 발파하여 바위를 깨트리고 옮기자는 데로 모아졌다.

착암공을 데려다가 구멍을 뚫고 다이너마이트를 충전해 발파를 하고 보니, 뿌리분 아랫쪽 바위 틈으로 직경 20cm는 족히 넘을 뿌리가 박혀 있었는데 발파로 찢겨 부러지며 잘렸다. 발파로 풀썩이는 뿌리분을 다시 감싸고 손질해서 신영삼거리 가는 길 우측 개울변 공원부지로 옮겨 심었다.

대한민국 최초(?)이자 마지막(?)으로 발파로 캐낸 느티나무는 그렇게 수백 년 지켜온 자리를 도로에 내어 주고, 토질이 비옥하고 편안한 장소에 자리를 잡게 되었지만, 가슴 아프게도 고사하고 말았다. 느티나무 꽃말이 '운명'이라는데, 어쩌면 이런 운명조차 꽃말처럼 타고난 것이라면 너무 가혹하다는 생각이 든다. 지금은 그 자리에 후손목이 자리를 다시 잡아 대를 잇고 있지만 지나갈 때마다 쓰린 가슴을 쓸어내린다. 그저 후손목이 잘 자라 수백, 수천 년 승승장구하기를 바라는 마음으로 기도할 뿐이다.

마을을 지켜주는 당산목

옛부터 마을의 3대 상징 나무로 팽나무, 은행나무, 느티나무를 꼽았지만, 그 중에서도 마을 수호신으로 섬긴 성황당의 당산나무로는 느티나무가 으뜸이다. 신라 때에는 국가에서 신성한 나무라고 벌채를 금하기도 했던 나무다. 느티나무는 1천 년 이상 사는 노거수가 많아 산림청에서 새천년 밀레니엄 나무로 선정하기도 했으며, 천연기념물 수목으로 은행나무, 소나무 다음으로 지정이 많은 나무다.

천연기념물로 지정된 느티나무 중의 삼척 도계리 긴잎느티나무는 치성을 드리면 합격을 기원한다고 알려져 있어 서낭당목으로 많은 사랑을 받아 왔으나 학교 운동장 내에 위치해 있어 베어 내려 하자 하늘의 노여움으로 천둥과 번개가 쳐서 멈추고 그대로 존치하게 되었다는 이야기가 전해지고 있다.

천연기념물로 지정되어 보호되고 있던 강화 연미정의 500년생 느티나무 두 그루 중 한 그루가 태풍에 부러졌는데, 부러진 나무로 국가무형문화재의 소목장이 반닫이 두 점을 만들어 강화역사박물관과 강화소창박물관에 전시하고 있다. 수원 단오어린이공원의 500년생 보호수도 장맛비에 쓰러졌지만 쓰러진 나무로 조형물을 제작하여 단오

어린이공원에 전시하고 있고, 쓰러진 밑동에서 싹이 돋아나 끈질긴 생명력을 이어가고 있다. 의령 세간리의 느티나무는 임진왜란 때 곽재우 장군이 나무에 북을 매달아 두드려 의병을 모았다고 '현고수나무'라 불리게 되었다.

느티나무는 이 외에도 사람들의 생활과는 친근한 나무로서 경북, 충북, 경남에서는 도목으로, 여러 지자체에서는 시·군목으로, 서울대학교 외의 여러 초중고교에서는 교목으로 지정하고 있다.

아름다운 가구재

느티나무는 한자어로 괴목(槐木), 궤목(櫃木), 거, 가지가 아래로 처진다고 규목(樻木)이라 불리기도 하는데, 국어사전에 괴목(槐木)은 회화나무를 칭한다고 나와 있지만, 느티나무도 같은 괴목(槐木)으로 혼용되어 불려 왔다.

원산지인 한국, 대만, 일본, 중국 동부에 주로 분포되어 있는 느티나무는 심근성으로 바람에 강하여 방풍림, 조경수, 가로수, 풍치수로 심겨지고, 옛날에는 거리목으로 20리마다 심어서 '스무나무' 혹은 '시무나무'라 불린 장미목, 느릅나무과, 느티나무속의 낙엽활엽교목이다.

줄기가 회백색으로 새로 난 가지는 잔털이 빽빽하고, 나무 표피는 울퉁불퉁하며, 오래 묵은 껍질이 잘 부스러져 떨어진다. 내한성이 강해 주로 온대, 냉대에 서식하며, 어릴 때 성장이 빠르고 비옥한 토양의 사질 양토에서 잘 자라는 양수 및 중성수로서, 키가 20~30미터에 직경 2미터 가량으로 크게 자라고, 가지가 넓게 퍼지는 특성이 있다.

달걀 모양의 잎 끝이 좁고 가장자리에 톱니가 있는 단엽의 어긋나기한 잎은 300년생 나무 잎사귀가 5백만 장이나 될 정도로 풍성하여 그늘목으로 정자 주변에 많이 심겨졌으며, 내화성이 있어 방화수로도 식재되고 있다.

변종으로 속리산 둥근잎느티나무, 긴잎느티나무가 있으며, 번식은 가을에 종자를 채취하여 봄에 파종한다. 10월에 익는 크기 3밀리미터 정도 크기의 뒷면에 능선이 있는 동글납작한 일그러진 원 모양의 열매는 5월에 꽃잎이 없는 녹색의 풍매화가 지고나면 핵과로 맺는다. 수꽃은 새가지 아랫부분에 모여 달리고 4~6개로 갈라진 화피열편과 수술이 있으며, 암꽃은 새가지 윗부분에 1개씩 달리는데 퇴화된 수술과 1개의 암술이 있다.

다른 나무들에 비해 병충해가 적지만 사슴벌레나 투구벌레 등이 상처 부위의 수액에 꼬이므로 방제가 필요하다. 이식과 전정을 싫어하고, 아황산가스와 대기오염에 취약하지만 가을에 드는 잎의 단풍이 노랗거나 붉게 물들어 그 생긴 모양이나 색상이 예쁘고 특이해 많은 사랑을 받고 있다.

서민들은 보릿고개 넘기느라 사월초파일 경 느티잎으로 떡을 쪄서 배고픔을 달랬다. 느티떡을 일명 '4월떡'이라 부르기도 하는데, 떡에 사용하는 어린 느티 싹을 석남(石楠)이라 일컬으며, 잎은 봄에 한 번, 여름에 또 한 번 피우기에 이를 춘엽(春葉)과 하엽(夏葉)이라고 부른다.

느티떡과 관련된 내용이 기록된 문헌으로『경도잡지』,『열양세시기』,『조선요리제법』,『간편조선요리제법』이 있고,『조선무쌍신식요리제법』에는 느티시루떡을 만드는 방법이 소개되어 있다.

느티나무는 죽은 후에도 가구나 장식물로 다시 태어나 그 맥을 계승하고 있다. 먹감나무, 오동나무와 함께 가구재의 3대 우량목으로 꼽히는 느티나무는 재질이 단단하고, 목재뿐만 아니라 뿌리도 독립수로 크게 자라 형태가 다양하고 아름다워 장식품으로 각광받고 있다. 옛부터 다양하게 가공하여 밥상, 불상 조각, 건축재, 무늬재, 선박, 기구재, 악기재 등 생활용품으로 사용해 왔다.

전해져 보존되고 있는 송광사의 명물인 쌀밥통인 구유가 싸리나무라는 설이 있었지만 느티나무로 밝혀졌으며, 직지사의 일주문 기둥도 싸리와 칡이라는 이야기가 전해오고 있지만 느티나무라고 알려졌다.

화엄사의 대웅전, 해인사 법보전, 부석사 무량수전, 무량사의 극락전 기둥도 괴목(槐木)으로 건축했다고 기록되어 있는데, 이를 오역해 회화나무로 알려졌으나 느티나무인 것으로 밝혀졌다. 경주 천마총과 부산, 경남 등지에서 발견되는 고분군의 관도 느티나무로 만들어졌음이 확인되고 있다.

충효예의 정신

느티나무는 인간의 생활 깊숙이 자리하여 오랜 기간동안 밀접한 관계를 맺고 지내온 만큼 다양한 이야기가 전해지고 있는 편이다.

먼저 '느티'의 어원에는 여러 가지 설이 있다. 첫 번째로 단풍이 '누렇다-눌이-눈-누튀-누튄-느티'가 되었다는 설이 있으며, 두 번째는 함경도 방언 중 신성한 징조를 말하는 '느지'와 나무가 위로 솟구쳐 자란다는 '티'가 어우러져 '느틔'에서 '느티'가 되었다는 설, 세 번째는 단풍이 누렇고, 회화나무를 닮아 '누튀나무'에서 '느티나무'가 되었다는 설이고, 네 번째는 어릴 때는 볼품이 없지만 크면서 늦게 티가 난다고 '늦티'에서 '느티'가 되었다고 하는 설 등이 있다.

옛 기록에도 느티나무에 대한 이야기가 많다. 『동국이상국』 후집 제2권에는 느티나무 꽃잎이 '쥐의 귀' 같다고 나오는데, 이는 2개로 갈라진 암술의 모양 때문이라고 알려져 있다. 『주례(周禮)』에는 동취괴단지화(冬取槐壇之火)라는 말이 기록되어 있는데, 이는 "겨울에는 느티나무와 박달나무를 비벼서 불을 만든다"는 말이다.

또한 민간신앙으로 전해오는 이야기들이 있다. 청송 신기리에는 "느티나무 잎이 한꺼번에 피어야 풍년이 든다"는 이야기가 전해져 오고 있다. 그 외에도 "가지를 꺾으면 신의 노여움을 사서 재앙을 입는다", "밤에 우는 소리가 나면 마을이 재앙을 입는다", "서남간에 심으면 도둑을 막을 수 있다", "동구 밖 거목에 치성을 올리면 아들을 낳는다", "문간 안에 세 그루를 심으면 부귀영화를 누린다"고 하는 이야기들이 전해지고 있다.

이런 연유로 충남 아산의 구괴정(九槐亭)은 맹사성, 황희, 권진 세 정승이 느티나무를 각자 세 그루씩 총 아홉 그루를 심어서 생긴 것이며, 옛 조정의 최고 행정기관인 의정부를 괴부(槐府), 궁궐을 괴신(槐宸), 외교문서를 관장하던 승문원을 괴원(槐院), 3정승의 자리를 괴위(槐位)라 불렀다.

또한 충북 괴산군의 지명은 느티나무와 회화나무가 산처럼 많이 분포하여 괴산(槐山)으로 불리게 되었다. 군내에 보호수로 지정된 느티나무와 회화나무가 113그루에 이르며, 그 중 수령 300년 이상 나무가 56그루나 된다고 하니 이를 여실히 증명하고 있는 셈이다.

느티나무는 먼지를 잘 타지 않아 깨끗하고 벌레가 적어 귀인을 연상케한다. 단정한 잎은 예의를, 억센 줄기는 강인한 의지를, 사방을 향해 잘 퍼진 가지는 충, 효, 예를 상징하며 역사적으로도 그 가치를 인정받고 있다. 광주 서석동의 효자 느티나무에 관한 이야기는 충효예의 정신을 잘 보여준다.

심성이 착하고 부지런하여 마을에서 칭찬이 자자한 만석이라는 청년이 홀어머니를 모시고 살았는데, 병든 어머니의 병환이 심해져 산삼을 먹어야 나을 수 있다는 이야기를 듣고 백방으로 노력하였으나 허사였다. 그날도 산삼을 찾아 산 속을 헤매고 다녔으나 허탕을 치자 간절히 산삼을 찾게 해달라며 기도를 올리는 중에 뒤에서 부르는 소리가 들려 돌아보니 느티나무가 두 눈알을 빼서 주면 어머니 병을 낫게해 주겠다고 한다. 만석은 주저 없이 두 눈알을 빼어 느티나무에게 주었는데, 이에 감동한 느티나무가 잎사귀 세 개를 주며 두 개는 만석의 두 눈을 고치는 데 쓰고, 한 개는 어머니께 드려 병을 낫게 했다는 훈훈한 효자 이야기이다.

대를 이어 묵묵히 세검정을 지키는 후손목은 어미목이 그래왔듯 수많은 사람들의 풍상과 아픔, 슬픔과 역경, 기쁨과 환희, 기대와 희망의 역사를 함께 해나갈 것이다. 충효예의 정신을 이어받아 밝고 맑은 미래를 향한 첫걸음을 매서운 눈으로 지켜봐 주고 또한 지켜 주리라. 세상에 생명만큼 귀하고 소중한 것이 또 있으랴. 다시 태어난 후손목이 마을을 지켜주는 당산목으로 자라기를 두 손 모아 빌어 본다.

09

산수유나무

Cornus officinalis

돌고 도는 인생

달콤한 소득

왜너들에 걸린 새털구름이 묵노골 폭포에서 피어오르는 아침 물안개에 의지한 채 목통령 고개를 넘는다. 담뱃집 높다란 처마와 키재기하는 바지랑 장대 끝에 내려앉은 고추잠자리가 아침햇살에 날개를 말리다가 꾸벅이며 가을 낮잠에 빠졌다. 물레방앗간 물홈통을 타고 흐르는 냇물이 떨어지며 힘차게 물레를 돌리고, 높이 쌓은 볏짚가리 위에 걸터앉은 산수유 가지가 잎을 떨구었다.

성목 산수유 한 그루면 자식 한 명 대학을 너끈히 보낼 수 있다는 이야기가 있던 시절, 아버지가 묘목으로 사다 심은 나무다. 뒷밭과 가래진 밭, 학당 밭둑에 심고 남은 묘목을 돼지우리 칸 너머 집 경계선에 두 그루를 심었는데 50여 년의 세월을 딛고 묵묵히 자랐다.

앞개울 버들강아지가 눈을 트면 진노란색으로 피어난 꽃망울들이 돼지우리 지붕을 덮어 꽃무덤을 만들고, 푸른 녹음이 지고 빨간 단풍이 자랑질을 끝내고, 옹기종기 빨갛게 매달린 열매에 첫눈이 내려 흰 모자를 살포시 얹어 쓸 때까지 산수유나무는 환한 얼굴로 아침마다 인사를 했다.

처음 묘목을 심은 후 열매가 달리기 시작하자 마을 사람들은 몰래 열매를 따다가 심었다. 하지만 딱딱한 껍질로 둘러싸인 씨앗은 좀체 싹을 틔우지 않았다. 과육을 벗기고 버린 씨앗 무더기에도 수년에 겨우 한두 포기 정도 싹을 틔울 정도로 발아율이 낮아 열매를 몰래 따다가 심은 사람들은 애간장을 태웠다. 수년이 지나면서 나무 아래에 떨어져 발아된 묘목들은 어느 순간 자취를 감추곤 했다. 그 결과 세월이 흐르면서 마을에는 산수유가 점점 늘어났고 지금은 집집마다 여러 그루씩 밭 둔덕에 꽃피고 열매 맺는 나무를 보유하게 되었다. 그리하여 봄이면 노란 꽃잔치를 치르게 되었고, 가을이면 빨간 단풍과 열매가 동네 경치를 바꾸고 풍경을 돋우게 되었다.

동지섣달 기나긴 날 밤에 엄마는 가을걷이를 끝내고 늦은 수확으로 거두어들인 산수유 열매를 손톱으로 과육과 씨앗을 발라 분리하는 작업을 했다. 반은 건조된 열매가 되어야 씨앗과 과육을 분리할 때 씨앗에 붙어 버려지는 과육의 손실이 적어지기 때문에 일부러 첫눈이 내릴 때까지 수확을 미루고 어느 정도 열매에서 수분이 빠져 열매가 쪼글쪼글 주름이 졌을 때 거두어들인 뒤 하나하나 씨앗 분리작업을 했다.

엄지손톱은 씨앗을 싸고 있는 과육을 밀어내느라 날이 갈수록 홈이 깊게 파지고 자잘한 열매를 하나하나 세다 보면 밤새워 일을 해도 과육 한 바가지를 얻기가 쉽지 않았다. 그저 달린 열매이니 겨울 농한기에 부업하듯 노동을 보태는 것이다. 묘목을 심을 때의 거대한 꿈과 기대는 사라지고, 어둡고 침침한 눈으로 손톱이 패이도록 셀 수도 없이 많은 열매 숫자만큼 공을 들여 반복작업을 했다.

그 작업의 끝이 한 근당 몇 만 원. 그래도 티끌 모아 태산이라고 겨울 끝자락쯤이면 일이백만 원의 소득으로 돌아오니, 노니 염불한다고 긴긴 겨울밤 소일거리로는 괜찮은 일이라 여기고 한 것이다. 어느 해가 씨앗을 분리하지 않고 생과로 판매한 적이 있는데 수입이 평년의 20%도 채 되지 않아 도둑맞은 기분이 들어 씨앗을 분리하지 않고 파는 것은 그 해 이후로 접었다.

특별히 겨울을 날 동안 할 일이 있는 것도 아니니 그저 손 가는 대로 시간 닿는 대로 쉬엄쉬엄 하다 보면 끝이 나고, 그 끝에는 적지만 달콤한 소득이 있으니 포기하기가 쉽지 않았던 것이다.

아랫채와 돼지우리채를 헐고 새로 창고를 지으면서 마당을 정리하게 되었는데 측량을 해보니 산수유나무가 부지 경계를 넘어섰다.

"우짤랑교?"

"남의 땅을 넘어갔으니 옮겨야지 별 수 있나."

매제의 물음에 답은 했지만 수십 년을 지켜온 자린데 그냥 두면 어떨까 내심 도리에 어긋난 생각이 들기도 했다. 시간이 늦어 두리뭉실 던지듯 내뱉고 발길을 돌렸는데 한 주가 지난 뒤 가서 보니 뭉텅 목이 내쳐진 상태로 대문 뒤 접시감나무 언저리에 옮겨져 있었다. 뿌리분도 뜨지 않고 굴삭기로 푹푹 파다가 건성으로 심었지 싶어 한 마디 했다.

"이거 이래가 살겠나? 물은 잘 줬는지 모르겠네."

"지난번에 옮겨야 하지 않겠나 해서 옮겼고 물도 많이 줬심더."

"그래도 나이가 많은 고목이라 걱정이 되는데? 계속 물도 자주 주고 좀 성의껏 보살펴 주소. 안 죽게."

"야아!"

대답은 막둥이같이 잘했지만 관리가 부실했는지 나무는 결국 새싹이 돋아나지 않았다.

"저거 죽은 갑은 게 짤라 버리지요. 장작이나 하게."

능소화라도 올릴까 싶어 고민하고 있는데 훅 치고 들어오는 소리에 흠찔했다.

"그냥 두소! 봐서 능소화나 덩굴식물 올리게."

"저기 죽어서 썩어 가는데 붙어 서 있겠능교? 바람 불면 넘어지지. 잘못하마 사람 다치능구마."

"평소 사는 사람도 없응께 괜찮을끼구마. 넘어지면 그때 치우든지 하지 뭐."

안그래도 안타까운 마음에 쓰린 속을 다잡고 있는데 전혀 생명에 대한 존귀함이라고는 느낄 수 없는 말을 들으니 부글부글 속이 끓었다. 심고 키우고 부모님이 쏟은 애정이 배어 있는 추억의 나무이지만 이제 생명을 다했다. 이럴 거면 그 자리에 그냥 두었다가 옆집에서 문제를 제기할 때 옮기거나 베어낼 걸 그랬다.

수십 년을 지켜 온 자리이니 딱히 경계를 접해 비켜 서 있다는 이유 외엔 피해를 주는 것도 받는 것도 없는데 괜히 쓸데없는 짓을 한 것은 아닌지 자괴감이 들었다. 아까운 생명만 하나 없앤 것 같은 생각에 짠한 마음이 자꾸 앞선다. 이미 엎질러진 물이니 탓해서 무엇하리요만 그래도 아쉬움은 자꾸 뒤를 돌아보게 한다.

독성이 있는 씨앗

산수유나무는 전국에 일조량이 풍부한 곳에 분포하는 낙엽 소교목으로 키가 5~10미터 정도로 자라는 층층나무목, 층층나무과, 층층나무속에 속한다. 약용 및 조경용수로 주로 재배하여 기른다. 광릉에는 자생하는 산수유나무가 있기도 하다. 전국적으로 전남 구례 산동면 지리산 자락과 경기 이천, 양평, 전북 남원, 경북 의성 등이 산지로 이름 나 있고 매년 꽃 피는 봄이면 산수유 축제를 열기도 하는 지역들이다.

이른 봄 잎이 나기 전 3~4월에 노란 꽃이 개화하는데 비슷한 절기에 피는 생강나무 꽃과 비슷하여 헷갈려 하는 사람들이 많다. 긴 타원형의 핵과 열매는 처음엔 녹색이었다가 가을에 익으면 빨간색으로 변한다. 10월 중순 상강 절기 이후에 수확한 열매를 말려서 주로 차나술, 정과, 약제로 사용하는데 씨앗에는 독성이 있어 반드시 분리하여과육만 섭취해야 한다.

열매에는 코르닌 성분이 함유되어 단맛, 떫은맛, 강한 신맛이 느껴지지만 독성은 없다. 또한 칼륨을 많이 가지고 있어 나트륨 중독 예방에 효과적이고, 비타민 A는 시력과 피로회복에, 사포닌, 아연, 주석산, 사과산 등 유기산은 백혈구와 면역세포 증가를 도와 면역력 증진에 도움을 준다. 코르닌, 모로니사이드, 로가닌, 타닌과 당분은 신장 기능을 원활하게 하여 이뇨작용을 돕는다. 신장 기능을 강화해 요실금과 방광염을 예방하고, 당뇨로 인한 고혈당 예방, 혈청내 콜레스테롤 수치를 감소시켜 고혈압을 예방한다. 여성의 안면홍조, 무기력, 우울증 등 갱년기 증상 완화에도 효과가 있다.

『동의보감』에는 산수유 열매가 당뇨, 고혈압, 관절염, 부인병, 신장 계통질환, 진정작용에 효과가 있고, 씨앗은 건강에 해롭다고 나와 있다. 한방에서는 주로 기력 보강, 두통, 이명 치료에 쓰인다. 산수유는 차로 마시는 것이 좋은데 장복하면 대장균, 포도상구균, 폐렴간균에 대한 항균 작용에 효과적이다. 몸이 허하거나 허리와 무릎 저림, 다한증, 생리 과다, 해열, 두통에 좋고, 집중력 향상과 두뇌 건강 개선에 도움이 된다.

새로운 생명의 밑거름

산수유나무가 오랜 터전을 바꾸자 생명력을 잃었다. 싹을 틔우지 못하고 둥치로만 비바람을 맞은 뒤 지난 여름엔 드디어 고사목도 생명을 다했다. 동생네가 새 집을 지으면서 담장을 손보다가 버티던 뿌리가 썩어 겨우 지탱하던 둥치를 땅바닥에 뉘었다. 옮기면서 한 번 죽고, 썩은 둥치가 넘어지며 또 한 번 죽었다. 아궁이에 들어가 불타면 또 한번 더 죽는 건지는 모르지만 부패해서 자연으로 돌아가든 불에 타 한 줌 재로 땅으로 돌아가든 새로운 생명의 밑거름이 될 것이다.

살아서 인간에게 넘겨주고 베풀었던 모든 희생이 다른 생명을 통해 다시 살아나리라. 자연은 돌고 도니까 타고 남은 재가 장미, 치자, 호두나무로 새 생명을 연장해 이어 가리라. 타고 오르던 능소화는 길 잃은 신세가 되었지만 가중나무 등걸로 새 길을 터 주었다.

오십여 년을 지켜온 산수유가 수년 사이에 흔적도 없이 사라졌다. 우두커니 툇마루에 앉아 산수유가 서 있던 자리를 바라본다. 거기엔 엄마도 있고, 아빠도 있고, 꿀꿀대던 돼지도 있고, 향기 짙은 노란꽃도 있고, 빨간 단풍과 열매도 있다. 앞개울 물안개가 바지랑 장대를 넘어 빨랫줄을 타고 피어오를 때면 마당 한구석에서 노란 산수유꽃이 피고 빨간 열매가 익는다.

집 앞마당 구석자리엔 오늘도 산수유나무가 자리잡고 있다. 흰 눈을 살포시 머리에 인 빨간 열매에 횡하니 부는 회오리 바람이 빙글빙글 돌며 눈가루를 날린다. 오늘은 휘도는 눈가루를 따라 엄마도 돌고, 아빠도 돌고, 나도 돌고 온 세상이 돈다.

10

모과나무

Pseudocydonia Sinensis

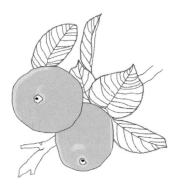

떠난 자리에는 향기가 남는다

굴삭기의 객기

비라도 오려나? 왜너들 능선 정상에서 안개가 내려앉더니 하늘이 깜깜해지고 스산한 회오리바람이 마당을 쓸고 지나간다.

"쿠쿵! 우지직!"

아랫채를 철거하며 옮겨 심은 모과나무가 바람을 이기지 못하고 제풀에 쓰러졌다. 옮겨 심고 목숨을 다한 지 3년이 지났지만, 능소화를 올릴까 담쟁이를 올릴까 아니면 으름덩굴을 올릴까 궁리만 하다 보니 뿌리 부분이 썩어버린 것이다.

함께 서 있던 호두나무도 넘어지는 모과나무에 받혀 가지가 찢겨

나가고 껍질이 벗겨졌다. 심은 지 40년을 훌쩍 넘긴 모과나무였는데 이식 후 관리 소홀로 아까운 수명을 다했다.

한여름 땡볕이 기승을 부리던 날 굴삭기가 왔을 때 옮긴다고 서두른 것이 사달이 났다. 그냥 나고 자란 자리에 두어도 되었을 텐데 왜 갑자기 옮겨야겠다는 생각이 들었는지 죽고 나서 곰곰 생각해보니 굴삭기 외에는 별다른 이유가 잘 생각나지 않는다.

어린이가 팔을 벌려 거의 한아름이나 되도록 왕성한 성장력을 보였고, 1년이면 서너 접씩이나 과실을 내어주던 나무였다. 괜히 떡 본 김에 제사지낸다고 옆집 밭일 하러 온 굴삭기가 객기를 부렸다. 부지 경계에서 조금 엇나게 서 있긴 했지만 수십 년을 무탈하게 지내왔다. 계단식 밭을 합치며 드러난 뿌리 일부에 마음이 쓰여 옮기자고 마음먹은 게 죽음이라는 참사를 불렀다.

고목이 아니더라도 옮겨 심은 뒤에 충분한 관리와 보살핌이 필요한데 이식하고는 훌쩍 자리를 떠나 3주 만에 찾아보니 시름시름 몸살로 꺼져 가는 생명의 불씨를 껴안고 있었다. 나름 성의를 다한다고 동분서주했지만 결과는 참담한 패배로 귀한 목숨만 잃어버리게 했다. 수피는 벗겨지고 말라들며 오므라져 각질이 떨어지듯 한 움큼씩 바닥에 뒹굴고, 뿌리분을 따라 둥글게 만든 물집에 물을 주면 김국에 김가루 뜨듯 두둥실 물 높이만큼 벗겨진 껍질이 떠올랐다.

울퉁불퉁한 둥치가 허연 속살을 군데군데 내보이기 시작하자 시름을 앓던 잘린 가지 끝 이파리들도 짙은 황톳빛 색깔을 띠며 말라가기 시작하더니 여름이 채 가시기도 전에 40여 년을 지켜온 삶을 굴곡진 둥치와 열매처럼 울퉁불퉁하게 마감했다.

모과를 보면 세 번 놀란다

우리 고향에선 모과를 울퉁불퉁 못생기고 맛이 없다고 '모개'라 불렀다. 어른들이 아이의 별명을 모개라 지어 부르기도 했는데 그래야 명이 길어진다는 것이었다. 아내의 이종사촌도 어릴 때 별명이 모개여서 아내는 아직도 모개언니라 부른다. 내가 볼 땐 그리 못생기지도 않았고 개성 있게 생겨 모과향이 폴폴 나기만 하는데, 미의 기준이 무엇인지 고개가 갸웃거려진다.

하지만 옛부터 사람들은 못생긴 것의 상징을 모과로 비유했다. "어물전 망신은 꼴뚜기가 시키고, 과일전 망신은 모과가 시킨다"는 속담이 있고, 자장가 가사에는 "울퉁불퉁 모개야, 아무따나 굵어라" 하는 구절도 있다. 모과를 보면 세 번 놀란다고 하는데, 그 하나는 못생겨서 놀라고, 두 번째는 그 향기에 놀라며, 세 번째는 그 효능에 놀라는 것이다. 이것은 모과가 그만큼 사람들과 가까이에서 부담 없는 사랑을 받았다는 증거가 아닐까.

모과나무는 중국이 원산지로 작은 가지에는 가시가 없고, 껍질은 박피를 하면서 자란다. 키 20미터, 직경 1미터까지 크는 장미목, 장미과, 모과나무속에 속하는 쌍떡잎식물로 낙엽활엽교목이다.

우리나라에서는 충청남도가 주산지인데, 사과나무가 자라는 기후 정도의 내한성을 가지고 있어 주로 관상수, 과수, 분재목으로 재배되고 있다. 토심이 깊고 배수가 잘되는 비옥한 땅에서 잘 자라고, 접목이나 꺾꽂이로 번식시킨다. 지나치게 햇볕을 받으면 줄기가 고사하기도 한다. 대실모과, 마르메로, 천추모과, 도모과 등의 품종이 있으나 실생묘는 주로 조경수나 접목 대목으로 쓰인다.

일반적으로 인가 주변에서 자연 상태로의 재배가 주류를 이루고 있으며, 잎은 타원형으로 윗부분 가장자리에 톱니가 있다. 과일 수분 함량이 80% 정도이며, 건조한 땅에 취약하다. 병충해는 심식나방, 깍지벌레, 붉은별무늬병 등이 있어 숙주나무인 향나무 종류와는 멀리 떨어져 심는 것이 좋다.

병약명 모과(木瓜)는 9월에 노랗게 익는데, 도란형으로 원래 "나무에 달린 참외"라는 말에서 알 수 있듯이 가을 열매 중 으뜸으로 친다. 고귀하고 순수한 자연의 향기가 진해서 천연 방향제로 써도 손색이 없다. 과육은 목질이 발달했고, 유기산을 함유하여 신맛이 나고 타닌이 들어 있어 떫은맛도 난다.

함유된 비타민C와 타닌은 피로회복에, 칼슘 성분은 골다공증 예방을, 칼륨 성분은 이뇨를 도와 심혈관 질환에 좋다. 철분은 빈혈을 예방하고, 사과산과 구연산 성분은 소화를 촉진시켜 신진대사를 원활하게 하여 근육 이완에 효과가 좋다.

플라노보이드 성분은 숙취와 갈증 해소, 구토, 설사, 이질 치료에 효과적이며, 사포닌이 들어 있어 간기능 강화와 노화 방지, 해독 작용으로 기침약과 가래 제거에 효험이 있는 것으로 알려져 있다. 주로 차나 술로 담그거나 청으로 만들어 먹는 알카리성 식품이다. 5월에 피는 연분홍빛의 꽃으로 팩을 하면 피부미용에도 좋다.

"모과나무는 늙은 사람이 심어야지 젊은 사람이 심으면 안 된다. 열매를 맺으면 심은 사람이 죽는다"고 하는 속설도 있다. 하지만 봄꽃, 가을열매, 겨울수피의 아름다움을 간직하고 있고, 중국에서도 살구는 한 가지, 배는 두 가지, 모과는 백 가지 이익이 있다고 했다.

『동의보감』에는 "모과는 맛이 시고, 성질은 따뜻하며, 독이 없다. 구토, 설사, 쥐가 이는 것을 치료하며 소화를 잘 시키고, 이질 뒤의 길증을 해소한다"고 하고, 『본초강목』에도 "주독을 풀어 담을 제거한다. 섭취하면 악심이 사라지고, 심중은 산수를 정지시킨다. 구워 먹으면 설사에 특효가 있고, 기름에 적셔 머리를 빗으면 백발과 적발을 고쳐준다"고 쓰여 있다. 나쁜 것보다 인체에 좋은 성분을 많이 함유한 과일이다.

또한 모과에 함유된 당분은 과당 형태이기 때문에 혈당 상승 억제와 흡수된 당분의 소모가 빨라서 당뇨환자에 좋다. 하지만 모과씨에는 청산 성분이 포함되어 있어서 많이 먹으면 현기증과 두통을 유발하고, 위궤양과 변비를 악화시키므로 먹어서는 안 된다. 그러므로 모과를 가공할 때는 씨를 빼는 것이 좋다.

꽃말은 '유혹, 평범, 유일한 사람'이며, 역사적으로 구례 화엄사 구층암 승방 기둥에 모과나무를 사용하였다는 기록이 전해진다. 이처럼 모과는 평범함 속에서 사람들에게 귀한 희생과 나눔을 실천하고, 진한 향으로 자신을 돋보인다.

모과는 향기를 남기고

썩어 넘어진 모과나무는 우리 가까이에 서서 수십 년 동안 희로애락을 같이해 왔다. 묵묵히 자기 자리를 꿋꿋이 지켜내며 오래도록 진한 향을 남겼지만, 인간의 욕심으로 자리를 옮기게 되어 진하고 향기로웠던 생을 마감하게 되었다.

호랑이는 죽어서 가죽을 남기고 사람은 죽어서 이름을 남긴다는데, 모과는 죽어서 향기를 남긴다. 사람도 떠난 자리가 아름답게 기억될 수 있도록 자신만의 향기와 흔적을 남기는 사람다운 삶을 살아야 하지 않겠는가. 살아가며 좀 더 사람답게 살기 위해 정성을 쏟아 부어야겠다고 다짐해 본다.

죽은 모과나무 둥치 위로 세차게 빗방울이 떨어진다. 후두둑 떨어지는 소나기에 진한 모과향이 향로에 핀 향내처럼 섞여 내린다. 나무는 죽어 썩어 넘어졌지만 지나온 세월 흩뿌린 향기가 마당을 덮는다. 쓰러진 모과나무의 명복을 빈다.

제 2 부

공생하는
나무의 지혜

11

홍단풍나무

Acer palamatum var. Sanguineum Schw

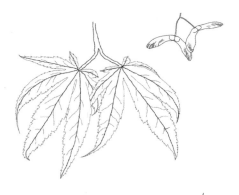

태생보다 중요한 환경

청평 단풍나무 가로수길

"이건 살았죠? 여기 싹튼 거 보이시죠?"

"아니, 위의 가지는 다 죽었잖아요?"

"하자는 죽었을 때 하는 거지, 이래 살았는데 하자가 아니지요. 키가 설계에 3미터잖아요. 그런데 이렇게 싹이 2미터 이상에서 나오잖아요. 3분의 2 이상이 살았는데 당연히 하자가 아니지요."

"허참! 가지가 다 말라 죽었잖아요. 가지가……."

"이것도 가지잖아요. 이게 가지가 아니면 뭡니까?"

"가지긴 하지만……."

지난 가을에 심은 단풍나무 가로수가 겨울나기에 동해를 입어 손가락 굵기 이상의 가지들이 거의 다 고사했다. 하자보수를 하기 위해 생사를 판단하려고 현장실사를 하는 중인데, 발주자 측과 시공자 측이 하자보수 상황 파악에 옥신각신 하고 있었다.

기본적인 해발도 있지만 호수를 끼고 있어 추위가 심하고, 안개로 인한 상고대로 얼고 녹기를 반복하면 동해를 입는다고, 이로 인한 피해가 예상된다고……. 공사 당시부터 우려했던 부분이었다.

"다시 심어도 겨울 지나면 똑같을 겁니다. 다시 심는 것보다 새순을 받아 현지에 적응하며 키우는 게 오히려 더 나을 수도 있어요. 그러니 지하고 2미터 이하까지 죽은 것은 캐내고 다시 심고, 그 이상에서 순이 돋는 것은 그냥 두고 새순을 받아 키우는 것으로 하시죠."

"하자보수 기간이 2년이니까 올 겨울 한 번 더 겪어 보고 판단합시다."

작년 가을 청평 호명산으로 산행을 갔다가 호명호 오르는 길이 개방되었다기에 등산로를 피해 옛 추억을 더듬고자 하부 청평호에서 상부 호명호를 오르는 일명 청평 단풍나무 가로수길을 걸었다. 준공년도가 1980년대 초니까 벌써 40여 년이 된 아련한 추억이 떠올랐다.

한 그루 한 그루 대할 때마다 호명호에 내려앉은 물안개가 걷히며

햇살처럼 당시의 기억이 소록소록 살아났다. 그렇게 새순 받아 자란 나무가 이젠 완전히 현지화가 되어 가을이면 환상적인 분위기로 찾는 이들에게 힐링과 함께 건강에 큰 선물을 안겨 주고 있다. 빨갛게 물이 잘 든 단풍잎은 덤이다.

40여 년의 세월에 제법 굵게 자라 성목이 되었는데, 양쪽 나무가 서로 손끝이 닿을 듯 단풍 터널을 이루었다. 벚나무 가로수길은 단풍이 들면 좋긴 하지만 꽃과 마찬가지로 금세 잎이 떨어져 즐길 시간이 짧다. 반면 단풍나무는 찬서리가 내리고 한참이 지나도 몽환적인 아름다운 자태를 뽐낸다. 하지만 서로 비교한다는 것 자체가 무의미하다.

얼치기 홍단풍

공사하던 당시만 해도 단풍의 수종을 골라 심는다고 애를 썼는데 자연 교잡으로 인해 청단풍도 아니고 홍단풍도 아닌 일명 얼치기가 많아 말도 많고 탈도 많았다. 결국 잎이 아닌 가지의 색깔로 홍단풍, 청단풍을 구별해서 심었다. 증산작용을 방지하느라 잎을 훑어 따내고 심었는데, 청녹색의 가지나 붉은 색의 가지에서 빨간 잎새가 눈이 터

나오기도 하고, 교잡종으로 구별이 어려워 말들이 많았다.

단풍나무의 종류는 홍단풍을 포함해 청단풍, 공작단풍, 당단풍, 중국단풍, 털단풍, 은단풍, 미국홍단풍. 설탕단풍 외에도 많다. 복자기나무, 신나무, 고로쇠나무도 단풍나무 종에 속한다. 특히 홍단풍은 자연 교잡에 의한 일명 '얼치기'가 많다. 얼치기란 홍단풍과 청단풍의 중간 정도 되는 색의 잎을 가진 것으로, 잎의 색상이 검붉은 것이 특징이다. 지리적으로 점이지대, 식사로는 비빔밥, 화학적으로 표현하면 혼합물, 수학으로는 공집합 같은 것이다.

홍단풍은 무환자나무목, 단풍나무과, 단풍나무속의 키 7~13미터로 자라는 낙엽활엽소교목으로 일본이 원산지이며 일본과 한국에 주로 분포하고 있다. 품종은 일본의 '왕단풍'에서 엽록체가 적은 '노무라(野村)단풍'을 개량한 것으로 성장이 더딘 편이다. 잎은 나올 때부터 붉은색으로 마주나며, 7~9개로 깊게 갈라진다. 잡종이 많아 봄에만 붉다가 점차 청단풍으로 변하는 것도 있다. 홍단풍은 잎이 나올 때부터 선홍색을 띠어 아름답지만 변종 얼치기는 검붉은색으로 색깔이 선명하지 못해 예쁘지 않다.

주로 관상용 조경수로 재배되어 조경 역사와 맥을 같이할 만큼 인기 있는 조경수다. 공해와 병충해, 추위에 강하고 습기가 적당한 사질 양토에서 잘 자란다. 하지만 가을 식재시는 잔가지가 동해를 입거나 고사하는 경우가 많은 편이라 세심한 보양과 관리가 필요하다.

꽃은 4~5월에 붉은색으로 수꽃과 암수한꽃인 양성화가 함께 개화하고, 열매는 9~10월에 시과(翅果)로 빨갛게 달리는데, 2개의 날개가 거의 평행으로 열린다. 홍단풍 열매는 땅을 보고 아래로 가지 끝에 달리지만, 청단풍 열매는 하늘을 보고 가지 끝에 황녹색으로 달리므로 열매가 달리는 모양으로 종을 구분하기도 한다.

번식은 접목이나 꺾꽂이로 하지만 접목시에는 대목(臺木)이 접목보다 크게 자라는 대승현상과 그 반대로 대목이 접목보다 작게 자라게 되는 대빈현상이 발생하며, 실생으로 하게 되면 10~20% 정도만 홍단풍이 나온다. 수피 빛깔이 어린 가지는 청단풍과 비슷하지만 자라면서 회색으로 서서히 변하게 된다. 꽃말은 '사양, 은둔, 약속'이다.

옳고 그름을 아는 본성

호명호반길에 심은 가로수가 얼치기였을 수도 있지만, 세월이 지나고 보니 홍단풍이니 청단풍이니 얼치기니 하는 것보다 어떻게 심고 어떻게 가꾸느냐가 중요하다고 여겨진다. 아늘아늘하게 맑은 빨간색으로 변한 단풍잎을 보니 그때의 논쟁이 무색하다.

사람도 이와 마찬가지리라. 유전적으로 건강하고 좋은 성질을 물려받아 좋은 환경과 좋은 교육을 받고, 좋은 인성을 갖추고 건강하게, 좋은 품성을 지니게 자란다면 더 바랄 것이 없을 것이다. 하지만 비록 조금 못한 가정환경에서 태어났더라도 튼튼하고 밝고 정직하게 사랑을 듬뿍 받고 자란다면 성숙된 인간, 말 그대로 든사람, 난사람, 된사람이 되지 않겠는가.

바른 답과 다른 답 그리고 틀린 답을 가른다고 부등호를 억지로 써서 나누면 이도 저도 아니게 모호해지지만, 일반적인 상식선으로 판단해 보면 너무 쉽게 알 수 있다. 교육을 적게 받은 사람들도 해도 되는 일과 하지 말아야 하는 일을 구분할 줄 알고, 천진난만한 어린이들도 예쁘고 아름다운 것을 알며 진짜와 가짜를 분별할 줄도 안다. 이같이 사람은 배우거나 직접 경험하지 않아도 본성으로 옳고 그름, 좋고 나쁨 등 이성적인 판단을 할 수 있다.

사람이 이미 잘 알고 있는 긍정과 부정의 상반된 논리를 다시 배우고 익히는 것은 본성을 키우기 위함이지 삶을 거스르고자함이 아니다. 교육으로 알 수 있는 것이 지식이라면, 배우지 않아도 알 수 있는 본성은 지혜다. 머리에 지식만 저장되어 있으면 세상의 껍데기만 보인다. 가슴에 지혜가 머물러야 진실과 속내를 더 잘 알 수 있다. 삶의 많은 문제들을 머리로만 바라보면 공감 능력의 부족으로 배려심을 잃고, 지식의 자아도취에 빠져 틀린 판단을 하게 되는 우를 범하게 된다. 지혜는 남을 배려하고 이해하는 공감에서부터 시작된다. 그것이 곧 깨어 있는 사람으로 인간답게 포용의 삶을 사는 시금석이다.

둥글둥글 호박같이 둥근 세상, 서로 어깨동무하고 모나지 않게 어우러져 상생하는 지혜를 얼치기 단풍나무 가로수가 깨우쳐 준다. 사람은 어울렁더울렁 한데 어우러져 함께 살아야 한다. 그래야 서로 동화되어 도와주고 배려하며 사는 밝은 사회가 만들어질 것이다.

12

공작단풍나무

Acer palmatum var. dissectum

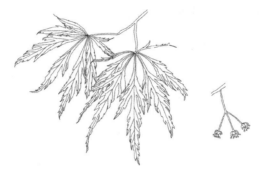

나를 잃지 않는 운명공동체

마당에 생긴 사랑나무

"어? 이건 뭐지?"

마당 한 귀퉁이 화단 깊숙한 담장 모퉁이에 그네와 래더를 설치하려고 고사된 가지와 엉키고설킨 나무들을 정리하는 중이었다.

큰 느릅나무 아래 반송에 가리어 홍공작단풍과 청단풍 두 그루로 자라는 줄 알고 있던 나무가 팔씨름이라도 하듯 서로 팔뚝을 맞잡아 걸고 다정하게 사랑과 우정을 나누고 있었다. 수형이 아름답기도 하지만 관리하기가 편해 집 화단에 몇 그루를 심게 되었는데 그 중 한 그루가 접대목(接臺木)에서 부정아로 움터 자란 곁가지가 본 가지에 빌

붙어 기형으로 성장하여 연리지가 된 것이다. 청단풍을 대목(臺木)으로 홍공작단풍을 접목했는데, 접붙인 부위 밑동에서 새 움이 돋아나 서로 몸을 걸고 엉겨붙었다. 대목에서 움이 난 청단풍 우듬지가 접목된 홍공작단풍과 교차해 반송 뒤에 숨어 몸을 가리고 자랐기에 합목이 탄생하도록 알지 못하고 지냈다. 미리 알았다면 돋아난 우듬지가 불필요하게 자랐다고 일찍 잘려나가 연리지가 탄생하지 못했을 것이라 여기니 눈길이 가지 않는 곳에서 있는 것이 다행이다 싶었다.

"집 울 안에 연리지라니?"

우리 부부 금슬이 더욱 좋아지려나 생각하니 얼굴에 슬그머니 빨간 미소가 번졌다. 연리지는 남녀 간의 사랑, 화목한 부부애, 부모와 효성스런 자식, 친구의 우정 등과 공생, 화합의 의미를 상징한다. 꽃말은 '편안한 은둔'이다. 그런 연유로 옛부터 일명 '사랑나무'로 부르기도 하고, '효도나무', '우정의 나무'로 여겨 귀하게 대접했다.

공작새의 깃털

공작단풍은 잎이 가늘어서 세열단풍으로, 가지가 아래를 향해 수양

버들처럼 처져 자라기에 수양단풍으로 부르기도 한다. 단풍나무와 마찬가지로 무환자나무목, 단풍나무과, 단풍나무속의 낙엽활엽교목으로 우리나라와 북아메리카, 일본이 원산지다. 공작단풍은 '디섹툼 니그룸'으로 소개되기도 하며, 원래 일본에서 개발했다는 이야기도 있지만 현재는 우리나라에서 유럽 여러 국가로 더 많이 수출하고 있다.

잎이 공작새의 깃털을 펼친 모습과 닮아 공작단풍이라 부르며, 잎의 색깔에 따라 홍공작단풍과 청공작단풍으로 나눈다. 잎은 7~11개로 갈라져 있고, 가장자리에 톱니 모양은 없다. 홍공작단풍은 잎이 나올 때부터 검붉고 단풍이 들면 더욱 붉어진다. 청공작단풍은 잎이 녹색으로 적황색이나 담홍색으로 단풍이 든다. 키는 10미터까지 자라지만 소교목으로 접을 붙일 때 대목(臺木)의 위쪽 부분에 접목하면 가지가 아래로 처지며 크게 자라고, 아래쪽에 접목하면 키가 작고 성장이 느린 편이다.

꽃은 5월에 빨갛게 가지 끝에 매달려 피고, 잡성화 또는 암수 한 그루다. 꽃이 지고 나면 열매는 9~10월에 영그는데 긴 타원형 모양의 프로펠러를 닮은 시과(翅果)로 바람에 100미터 정도까지 날아간다. 씨앗은 쭉정이가 많고 발아가 잘 안되기 때문에 대부분 청단풍을 대목으로 접목하여 번식한다.

공작단풍의 수피는 잿빛이고, 내병충해성, 내한성이 강해 전국에 분포하며 공원과 정원 등에 관상수나 조경수로 쓰인다. 햇볕이 잘 드는 곳에 서향볕만 피해 심고 흰가루병만 방제하면 특별히 다른 관리를 하지 않아도 잘 자라는 편이다.

관리시 전정은 10~12월에 해주는 게 좋다. 예쁜 단풍을 보려면 그늘진 곳을 피하여 심고, 시비는 봄에 실시하고 가을에는 거름을 주지 않는 것이 좋다. 가을에 거름을 주게 되면 개량종이기 때문에 원래 품종으로 돌아가려는 경향이 나타나기 때문이다.

따로 또 같이

연리지는 자연적으로 형성되는 것이 일반적이지만 분재나 정원수의 가지나 몸통을 인위적으로 겹쳐 묶어 만드는 경우도 있다. 인위적인 연리지는 엄나무, 자귀나무가 자주 이용되고 있는데, 같은 종류나 유사종인 경우 쉽게 결과를 볼 수 있다.

자연적인 경우 가지는 서로 겹쳐 자라기가 어렵고, 바람에 흔들리므로 고정되어 형성되기가 쉽지 않다. 특히 종(種)이 다른 나무의 경우와 침엽수류는 이루어지기가 더욱 어려운 것으로 알려져 있으며, 활엽수인 느티나무나 밤나무에 자주 생기지만 수종을 불문하고 형성에는 최소 10여 년 이상의 오랜 시간이 필요하다.

통상적으로 가지가 합체된 것을 연리지(連理枝), 나무 둥치가 합해진 것을 연리목(連理木), 뿌리가 서로 연결된 것을 연리근(連理根)이라 구분한다. 이들은 서로 태어날 때는 둘이었지만 내부 조직이 하나로 붙어 영양분과 수분의 공급을 공유하고, 두 개의 나이테가 쌍가마 형상을 보인다. 한 그루처럼 자라기 때문에 한 그루일 때보다 서로 장점을 살려줄 수 있고, 한쪽을 잘라도 생육이 가능하고 상부 나무쪽에 영향을 주지 않는다. 이러한 나무들을 모두 합해 '연리지'라 부르기도 한다. 연리지는 뿌리는 둘인데 몸통이 하나가 된 것인데 특이하게도 우리 집의 연리지는 한 뿌리에 두 개의 다른 종류의 줄기가 합쳐져 있다.

연리지는 두 그루가 한 그루로 합쳐져도 원래의 성질을 그대로 간직하고 있으므로 노란 꽃나무는 노란 꽃으로, 빨간 꽃나무는 빨간 꽃을 피우기 때문에 사랑, 화합, 공생, 우정, 부부애, 효성에 더해 충절의 의미까지 가졌다.

연리지는 중국 '채옹' 고사에서 '효를 상징하는 나무'로 알려지다가, 백거이가 당현종과 양귀비가 죽어서 만나는 「장한가(長恨歌)」 시(詩)

의 한 부분인, "재천원작 비익조(在天願作 比翼鳥) 재지원위 연리지(在地願 爲 連理枝)"에서, 비익조는 날개를 짝지어서 날아가는 새, 연리지는 다른 두 나무가 엉긴 것으로 표현하면서 '사랑을 상징하는 나무'로 알려지게 되었다.

우리나라 역사 기록에도 연리지에 대한 기록이 많다. 고려 때 이규보는 『동국이상국집』 '고율시(古律詩)'에서 "우정과 혈육의 돈독한 정"으로 묘사하였고, 김부식의 『삼국사기』에도 신라 내물왕 시조 묘소의 연리목, 고구려 양원왕 때 배나무 연리목, 광종 때 서울 서덕리 엽거목, 성종 때 충주의 모림목 기록이 나온다.

현재 우리나라에서 연리지 서식지로 알려진 곳은 많은데, 금산 양지리 팽나무 연리지는 시도기념물로 지정되어 있다.

증평군 밤나무와 소나무, 소나무와 참나무, 강천산의 소나무와 참나무 연리지는 수종이 다른 나무의 연리지로 이름 나 있고, 특히 속리산 수정봉의 수령 300년생 소나무와 200년생 참나무 연리지는 입맞춤하는 모양을 하고 있어 '키스하는 사랑나무'로 알려져 있으며. 경주 불국사에도 소나무와 느티나무의 연리지가 아사달과 아사녀의 사랑 나무로 많은 사랑을 받고 있다.

동종인 소나무끼리 껴앉고 우정을 나누는 연리지로는 청풍문화단지, 모악산, 동호 해수욕장, 청도 운문사, 영주 순흥리 등에 서 있는 연리지가 관심과 사랑을 누리고 있다.

특히 근처 성남누비길 중 검단산 구간 갈마치 고개 부근의 소나무 연리지는 성남시의 보호를 받으며 산객들에게도 많은 애정을 받고 있다. 충북 괴산 화양동의 소나무 연리지는 괴산군 보호수로 지정되었으나 아쉽게도 고사되었다. 지금은 그 둥치만 남아 옛사랑을 나누고 있어 보는 이들에게 애잔한 마음을 갖게 한다.

또 뿌리로 사랑과 우정을 나누는 전남 해남 대흥사와 충남 연기군의 느티나무도 구경하는 사람들의 발길이 끊이지 않는다. 그 외에도 순창귀래정 앞 배롱나무, 군산 청암산 벚나무, 보령 외연동의 동백나무, 제주 절물 자연 휴양림내의 고로쇠와 산벚나무, 함양 삼림공원 내의 연리지들이 많이 알려져 사랑받고 있는 나무들이다.

편안한 은둔

우리 집 화단에도 단풍나무 연리지가 자라고 있으니 가족 간엔 사랑이, 이웃과는 공생이, 형제 간엔 화합이, 친구와는 우정이, 부부 간엔 금슬이, 자손은 효성이 충만하고 지극한 정성으로 공경하는 마음이 전해져 오래도록 꿋꿋하게 지속되었으면 좋겠다고 염원해 본다.

좋은 가을 날, 높은 하늘에서 메밀잠자리 한 마리가 빙빙 춤을 추다가 사뿐히 빨간 공작단풍 연리지에 내려앉아 휴식을 얻는다. 몸을 맞댄 키 큰 청단풍이 살랑이는 소슬바람을 막아 뒤뚱이는 잠자리를 보듬어 안는다. '편안한 은둔'이라는 꽃말에 걸맞게 반송 뒤에 보일락말락 숨어 서 있는 연리지가 홍조 띤 가늘고 긴 잎새 손을 흔들며 알았다고 화답한다. 주변을 무리지어 날던 메밀잠자리들이 빙빙 원을 그리며 익어가는 사랑을 축복하는 축하 비행을 한다.

인생은
오늘도
나무를
닮아간다

13

감나무

Diospyros kaki Tumb

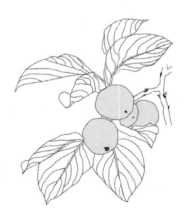

마음 내려놓기

유일하게 남은 유산

"결이 아빠! 이 감나무 좀 우쨌으면 좋겠는데……."

"와, 무슨 문제라도 있습니꺼?"

"이파리는 그러타 캐도, 홍시가 떨어져서 마, 엉망이다 아입니까. 가을 되마 온 마당이고, 지붕이고 엉망진창이라 카이예."

고향집 뒷 울 담장엔 어른 두 팔 길이로 세 아름이 넘는 대봉 왕감나무가 옆집으로 걸쳐 팔을 내밀고 수백 년을 지키고 서 있다. 일손이 부족하고 경제성이 없다 보니 열린 감은 그대로 방치되어 홍시가 되고, 겨울 초입이면 그 홍시가 떨어져 지붕과 온 마당을 어지럽힌다.

가끔 고향에 들리는 우리 가족이야 주렁주렁 매달린 감을 보며 감성에 젖곤 하지만, 그 그늘 아래에서 생활하는 옆집으로서는 여간 성가신 게 아닐 게다.

"그래도 조상님들이 물려준 나문데 우째 짜르겠습니까? 내가 보기엔 짜르는 것도 문제겠구만요. 그라마 지붕을 덮쳐 집이 무너질 것 같은데요?"

"면에다가 얘기하면 전문가가 와서 짤라 준다 카던데……."

못 자른다고 피하려다 궁지에 몰렸다. 면사무소에 연락을 하니 사람이 나왔다. 둘러보더니 고개를 절레절레 흔든다.

"이건 못 짜릅니다. 집 다 무너집니다. 사다리차라도 들어올 수 있으면 끝부터 조금씩 짤라 보겠지만, 골목이 좁아 천상 인력으로 해야 하는데 이건 어떻게 할 수가 없습니다."

나는 속으로 쾌재를 불렀다. 전문가가 와서 안 된다고 하니 옆집 아주머니는 입맛만 쩝쩝 다신다. 13대를 내리 대물림하면서 살아온 터전에 집 울 안에 유일하게 남아있는 유산이 감나무 한 그루다. 집안의 희로애락을 지켜보며 지내온 유서 깊은 나무를 자르자고 하니 영 마음이 내키지 않았다. 100여 년 전 동네 전체가 화마에 휩싸였을 때도 큰 화상을 입어 목숨이 위태했지만, 불 맞은 둥치 속을 비워내고 꿋꿋이 살아남아 아직도 성성하게 잎을 피우고 열매를 맺고 있다.

신의 선물

원래 감나무는 옛부터 7덕, 5절, 5색을 가진 나무로 조상들로부터 숭상되어 왔다는데, 이제 일손이 부족하고 하늘 높이 자란 큰 키에 수확도 어려우니 애물단지 취급을 받는다.

7덕이란 장수, 짙은 그늘, 예쁜 단풍, 맛있는 열매, 썩어서 거름이 되는 잎, 새가 둥지를 틀지 않고, 벌레가 끼지 않는 일곱 가지 덕이다. 5절은 잎이 넓어 글씨 쓰기가 좋다고 문(文), 화살 촉 재료로 쓰인다고 무(武), 열매가 겉과 속이 붉어 한결 같다고 충(忠), 홍시가 나이든 노인이 먹기 좋다고 효(孝), 늦은 가을까지 열매를 달고 있다고 절(節)이다. 5색은 나무는 검고(黑), 꽃은 노랗고(黃), 잎은 푸르고(靑), 열매는 붉고(赤), 곶감이 흰색을 내는(白) 것을 일컫는다.

감나무는 진달래목, 감나무과, 감나무속에 속하는 낙엽활엽교목으로 과수나 관상수로 재배한다. 동아시아 온대지방의 특산종으로 북위 35도 이하의 우리나라 중남부지방, 중국의 중북부지역, 일본에 주

로 분포한다. 북위 37도를 넘으면 냉해를 입기 때문에 양지바른 곳이
아니면 생육이 어렵다. 대개 연평균기온 섭씨 11~15도, 수확기 기온
21~23도가 생육에 최적이다.

감나무는 한자어로 시수(柿樹)라 표기하고, 『동언고략(東言考略)』을 보
면 감은 달감(甘)자로 홍시가 달기 때문에 붙은 이름으로 전해진다. 세
계 각처에는 800여 종이 자라고 있는데, 우리나라에는 고려 성종 때
건시, 수정시라는 기록과 고려 인종 때 고욤이라는 기록이 전해지는
것으로 봐서 고려 때부터 재배하기 시작했다. 일본은 8세기 경 중국
으로부터 전해졌으며, 모두 재래종을 좋은 품종으로 골라 육성, 발전
시켜 왔으며, 단감은 일본 특유종으로 알려져 있다.

보통 감나무는 키가 6~14미터 정도로 자란다. 잎은 타원형 난형으
로 톱니가 없으며, 꽃은 양성과 단성이 5~6월에 황백색으로 피고, 씨
방은 8실이다. 꽃말은 '경의, 자애, 소박'이다. 10월에 황홍색으로 달
리는 열매는 난원형(고종시高種柿), 편구형(편원형扁圓形), 반시(盤柿), 분시
(盆柿), 원시(圓柿)가 있고, 가까운 종으로 돌감나무, 고욤나무가 있으나
이들은 접목용 대목(臺木)으로 쓰인다. 감은 씨앗을 심으면 돌감이 되
기 때문에 접목이나 아접(兒接)으로 번식한다. '깜쪽같다'라는 말도 '감
나무 접목 부위가 자라면 표가 나지 않는다'는 뜻의 '감접같다'에서

변화되었다.

『동국여지승람』을 살펴보면 우리나라 감의 주산지는 합천, 하동, 청도, 거창, 의령, 창원, 함안, 남원, 해남, 곡성, 정읍, 함평, 태안, 담양, 광양 등이라고 나와 있는데, 현재의 주산지와 비교해도 별반 차이가 없다. 특히 경북 상주와 충북 영동은 가로수가 모두 감나무로 심어져 있다. 청도는 단감 산지로, 함안 곶감은 씨 없는 종으로, 상주는 전국 곶감 생산량의 70~80%를 생산할 정도로 유명세를 타고 있다.

감은 서양에서도 '신의 선물'이라 여길 만큼 귀한 과일로 대접받았다. 감의 3대 신(神)으로 불리는 것이 단감, 홍시, 곶감인데, 이는 조선 초기부터 진상 품목에 들었다. 또한 밤, 대추와 함께 3실과로 제삿상에는 반드시 올리는 과일이기도 하다. 고욤나무에 접목할 때 생가지를 째는 아픔을 딛고 힘든 고통을 견뎌내고 좋은 스승의 가르침으로 사람이 되는 깨우침을 얻는 교육적인 교훈을 실천하겠다는 약속으로 올리는 것이다.

감에는 칼리, 철분이 풍부하고, 타닌 성분이 강해 맛이 떫다. 감으로는 수정과와 감식초를 만들고, 떫은 맛을 해소하기 위해 삭히거나 홍시를 만든다. 알코올 35% 용액에 담그는 알코올탈삽법, 섭씨 45도 온수에 담궈 익히는 온탕법, 액화 탄산가스나 드라이아이스를 이용하는 탈삽법을 주로 쓴다. 곶감은 '꼬챙이에 꽂아서 말린 감'이라고 곶감이라 부르게 되었으며, 해소, 토혈, 객혈, 이질, 진해, 거담 치료에 효과가 있고, 한방에서는 '시채(柿菜)'로 불린다. 그 외에도 감에는 비타민C가 풍부해 자양식품으로 쓰이고, 빈혈, 고혈압, 숙취 해소, 차멀미, 돼지고기를 먹고 체한 데, 배멀미, 코피 지혈, 설사, 화상, 동상, 독사와 벌레에 물리거나 벌에 쏘인 데 좋다고 알려져 있다.

감나무 잎은 부각을 만들어 먹거나 차로 끓여 장복하면 고혈압에 효험이 있고, 꼭지를 달인 물은 딸국질, 구토, 백일해 예방, 유산 방지, 야뇨증 치료에 효과적이지만 어패류와 함께 먹으면 복통이 발생하므로 주의해야 한다.

고목(古木)은 자손 창성과 득남을 비는 비손목으로 노랑 감꽃 목걸이를 신부가 하고 있으면 득남을 한다는 이야기도 있다. 목질은 내부에 '자식을 키우는데 속이 시커멓게 타서 생겼다'는 검은 무늬를 가지고 있는데, 흑시(黑柿)라 불린다. 이것이 없으면 성목이 되어도 감이 열리지 않는다는 속설이 있다. 무늬가 아름다워 고급 가구재, 조각재, 나무 망치, 빗, 액자, 장기알, 활, 골프채 등을 만드는 재료로 쓰이고, 감물은 칠기 바탕 칠이나 옷 또는 어망 염색, 방습, 방부제로 쓰인다.

감나무는 해거리를 하는 과수로 뿌리에 소금을 뿌려 수분 흡수력

을 조절하거나 지상부 체내의 탄질소율을 조정하기 위해 단근 작업
이나 줄기에 상처를 내어 이를 방지하는 방법을 쓰기도 한다. 병충해
는 강한 편이지만 가끔 깍지벌레의 피해를 입기에 수피를 제거해 주
기도 하는데, 이때는 동해에 약해지는만큼 동절기에는 보온 조치가
필요하다.

감나무의 속설

속설에 "감이 풍년이면 대설이 오고 태풍이 잦으며 벼농사가 시원
찮다"고 한다. "감이 일찍 물들면 첫눈이 빨리 오고, 감의 씨가 많으면
추위가 심하고, 적으면 눈이 적게 온다"고 한다. 또, 감나무는 가지가
약해 나무에 올라가면 위험하다. '감나무에서 떨어진 동네 바보형' 이
야기도 감나무에 오를 때는 조심하라는 경고의 의미를 담고 있다. 감
나무를 집 울 안에 심을 때는 풍수지리상 서쪽에 심고, 동쪽에는 살구
나무, 북쪽에는 대나무를 심는다.

우리나라에는 3대 감나무가 있다. 첫째는 경남 산청 남사 예담촌에
있는 수령 640년의 최고령 감나무다. 여말선초 때 '경재', '하연'이 일

찍 여윈 어머니가 감을 좋아했다는 이야기를 듣고 심었다는 설과 춥고 비바람이 거세면 도깨비가 나와 지켜준다는 이야기가 전해진다. 둘째는 경북 상주 소은리 감나무인데 530여 년 전 접목했다고 알려진 최초의 접목 감나무다. 현재도 매년 약 5천만 원의 연수입을 올릴 만큼 왕성한 면모를 보이고 있다고 한다. 셋째는 천연기념물로 지정된 수령 500여 년의 높이 28미터, 둘레 4미터에 이르는 가장 크고 굵은 경남 의령 백곡리 감나무다.

감은 한가위를 즈음해서 익는다. 그래서 한가위 배경에는 둥근 달이 감나무에 걸린 그림이 많다. 풍요롭고 정감 어린 풍경으로 보고만 있어도 기분이 좋아지고 마음이 풍족해진다. 하지만 비바람의 고난을 이기고 결실을 매단 가지는 감이 떨어지면 어쩌나 애를 태우며 가슴을 졸이고 있을지도 모른다. 그래서 가지들을 쳐다보고 있노라면 안타까운 마음이 소용돌이친다. 나무를 안아보고 쓸어보며 마음이 무거워지는 이유를 곰곰이 생각해 본다. 나무 아래 땅바닥에 떨어져 발이 빠지도록 수북이 쌓인 잎들은 감이 따스한 가을 햇살을 받아 잘 익게 배려하느라 스스로 떨어져 나간 것일 게다. 떠날 때와 물러날 때를 스스로 알고 미련 없이 자연의 법칙에 따라 떨어져서 뒹구는 낙엽을 보니 더욱 생각이 깊어진다. 가진 것을 모두를 내려놓으면 편한 마음이 될 텐데……. 짙게 익은 가을의 끝자락에 서서 살면서 무엇을, 어떻게 내려놓는 것이 좋은지를 빈 감나무 둥치를 두 팔 벌려 한 아름 안으며 가만히 뇌어 본다.

까치 두 마리가 날개를 접고 감나무 가지 꼭대기에 내려앉는다. 우리는 옛부터 감을 딸 때 까치밥을 남겨 두어 미물인 동물과 함께 사는 지혜를 나누어 왔다. 감은 자신을 까치에게 내어주고 희생을 감수한다. 달콤하면서도 함께 사는 삶을 사랑으로 보듬는 교훈을 얻는다. 감나무에 까치가 오니 꼭대기에 달린 홍시가 손님을 맞는다. 함께 살아가는 삶을 보듬는 빨갛게 농익은 사랑이 고맙다는 까치의 노래를 타고 담을 넘어 잔잔히 옆집으로 퍼져간다.

14

고욤나무

Diospyros Lotus. L

세상은 혼자 살 수 없다

접목된 운명

"그쪽보다는 이쪽이 좋지 않겠냐?"

"형님, 저도 생각을 많이 해 봤는데 이쪽이 낫지 않을까요?"

"그래, 네 말도 일리는 있지만 주차 문제나 차량 출입 문제로 보면 내 얘기가 맞지 않겠냐?"

6촌동생네가 새로 집을 짓는데 대문 위치를 어디에 어떻게 하면 좋을지 연구를 하고 있었다. 대문이 들어설 자리에 수백 년 묵은 고욤나무가 담벼락에 기대어 떡하니 자리를 잡고 버티고 있는 탓이다. 나무를 왼쪽에 두고 출입구를 내면 진출입이 Z자로 꺾여 불편하고, 오른쪽에 두면 바로 드나들 수는 있지만 마당이 도로보다 높아 진출입로 경사가 심해진다. 동네 사람들은 그까짓 고욤나무 없애 버리면 될 텐데 왜 저러는지 이해할 수 없다는 표정이지만 동생과 나는 없애 버리는 것에는 찬성하지 않기 때문에 고민을 하고 있는 것이다. 잘라 버리는 건 한순간이지만 저만큼 키우려면 수백 년이 걸린다는 것에 둘 다 동의하고 있기 때문이었다.

약 한 세기 전쯤 동네 전체가 불 탄 적이 있다. 당시 지붕이 모두 초가였으니 이 집 저 집으로 불씨가 옮겨 붙어 동네 전체가 하루아침에 불바다로 변해 잿더미가 되었다. 이 고욤나무도 그때 입은 화상으로 둥치 속이 텅 비게 되었지만, 아름드리 둥치에서 움튼 새순이 자라나며 생명을 이었다. 언뜻 보면 바오밥나무가 연상될 만큼 수형이 기형으로 생겨 이국적 분위기를 내뿜고 있었다. 자라온 과정이나 연륜을 차치하더라도 이국적인 자태만으로도 없애 버리기엔 너무 아까운 나무였다.

가을아침 잎 떨어진 가지마다 줄줄이 매달린 도토리를 닮은 고욤에 얼어붙은 서리가 마치 눈이 내려 쌓인 것 같은 분위기가 황홀하기 그지없다. 서설이 내릴 때쯤 채취한 고욤은 옹기에 담겨져 장독대에서 숙성을 기다리며 긴 겨울잠에 빠진다.

동지섣달 기나긴 밤이면 진득이 숙성되어 엉겨붙은 고욤을 퍼다가 야식으로 달콤하게 즐기던 추억이 새록새록 돋아난다. 먹거리가 부족하던 시절, 늦은 밤 한 양푼 퍼다가 달콤함을 삼키며 맛있게 먹고 나면 먹은 양만큼이나 빼곡히 쌓이는 반달 송편 모양의 씨앗이 호롱불에 반짝반짝 빛을 발했다.

먹고 난 씨앗은 소나 돼지우리에서 똥오줌과 섞여 가축들에게 밟히고 절여진 지푸라기나 풀들과 어우러져 발효 숙성중인 두엄이 쌓인 거름자리에다 버려졌다. 논밭으로 거름내기에 얹혀 자리를 옮기면 썩지 않고 버텨낸 끈질긴 생명의 연줄이 싹을 틔웠다. 농작물 사이에서 발아된 묘목은 김매기에 어울려 제거되었지만, 용케도 밭둑이나 언저리에 자라난 싹은 극진한 보살핌을 받고 자라 감나무 접목(接木)의 대목(臺木)으로 다시 탄생의 기쁨을 맛보았다.

비록 고욤나무로 태어났지만 감나무를 위한 제2의 삶을 살게 된다. 인간의 욕심으로 점철된 과정 속에서 피어나는 변화의 소용돌이지만, 뿌리는 묵묵히 자기 할 일을 열심히 해내며 영양분을 위로 밀어올린다. 접목된 고욤나무 뿌리는 감나무를 위해서 평생 자신을 불사르며 희생하고 헌신하는 삶을 산다. 부모가 자식을 위해 무조건 사랑을 베풀듯 기꺼이 자신을 감나무를 위해 내어준다.

생각해 보면 가슴이 일렁이는 일이다. 인간의 알량한 욕심이 한 생명의 진로를 바뀌게 하고 다른 삶을 살게 하지만, 결과는 고욤이 아닌 크고 더 맛나는 감으로 태어나니 말이다.

인간의 삶도 주변의 자극과 간섭에 의해 변화를 겪고 바뀌게 된다. 이는 나무와 다르게 생각하고 판단할 수 있는 인간만의 감정조절 작용이기 때문일 것이다.

고욤나무의 특징

고욤나무는 우리나라와 일본, 중국에 분포하는 진달래목, 감나무과, 감나무속의 낙엽활엽교목이다. 보통 고욤나무라고 쓰고 부르지만, 고향에선 고염나무로 불렸다. 일부 지방에서는 감보다 못하다고 콩감이라 부르기도 하고, 경상도에서는 기염이라 부르는 곳도 있는데, 고욤의 사투리 발음이 아닌가 싶다. 또 소의 젖꼭지와 닮았다고 우내시(牛奶柿), 『본초강목』에는 홍람초(紅籃草), 『일용본초』에는 정향시(丁香柿), 한방에서는 말린 고욤을 군천자(君遷子) 또는 소시(小柿)라 소개되고 불리기도 한다.

고욤나무는 키가 15미터 정도로 자라고, 잎은 어긋나게 달리는데 타원형으로 끝이 뾰족하게 생겼다. 잎에는 콜레스테롤을 낮추고, 고혈압, 당뇨, 여드름 치료, 숙취 해소에 도움을 주는 성분과 비타민 C와 P, 알카리 성분을 함유하고 있어서 면역력 향상과 저항력 증강에 좋은데, 효과가 감나무 잎보다 높다고 알려져 있다.

고욤나무는 내한성, 내충성, 내병성이 강해 마을 근처나 산기슭 또는 밭둑 등에서 주로 서식하는데, 감나무 접목의 대목(臺木)으로 심었지만 보통은 자생으로 자랐다. 장마철이 지나면 나무 아래 떨어진 열매에서 발생하는 '버섯 동충하초'가 자라기도 하는데, 이는 '군천자 동충하초'라 불린다.

목질에는 심근경색, 동맥경화, 내출혈, 중풍, 고혈압, 구안와사 등 심혈관 질병에 치료 효과가 있는 성분이 함유되어 있고, 뱀이나 벌레에 물린 상처 회복과 동상, 화상, 지혈 작용에 효과가 있으며, 알카로이드와 니코틴의 체외 배출, 유해 중금속의 침전과 해독에도 좋다고 알려져 있다. 하지만 빈혈, 신경통, 류마티즘, 부인병에는 사용을 금해야 한다. 많이 먹으면 몸이 차갑게 되어 설사를 일으키고, 임산부는 유산의 위험도 있다. 따라서 몸이 따뜻한 사람이 차로 음용하면 좋다.

꽃은 6월에 연녹색으로 암수 딴그루에 핀다. 꽃말은 '경의'인데, 열매인 고욤은 1년생 새 가지에 열리고, 10월에 누런색이나 황자색으로 익는다. 열매는 타닌 성분이 많이 함유되어 있어서 맛이 떫은데 보통 겨울철까지 숙성하면 떫은맛이 가시고 단맛이 강해지며, 많이 먹으면 변비가 생기기도 한다.

『동의보감』에는 설사, 소갈, 번열증(煩熱症)에 사용한다고 되어 있고, 혈압을 저하시키므로 답답하고 열이 나는 증상을 완화시켜 마음을 안정되게 한다. 숙취 해소에도 효과가 있으며, 꼭지를 물에 다려 마시면 딸국질을 멈추게 하는 데도 효과가 좋다.

고욤은 성분에 방부제 물질을 가지고 있어 옛부터 목재로 만든 물통의 도료나 우산 종이를 만드는 데 쓰이기도 했다.

시너지 효과

우리는 고욤나무를 통하여 살아가는 법을 배운다. 혼자보다는 서로 도와가며 힘을 합해 협력할 때 그 시너지는 엄청나게 클 것이다. 세상은 혼자 살아갈 수 없다. 로빈슨 크루소가 무인도에서 혼자 살았지만 고립되기 전에 사회에서 살아가는 방법을 체득했기 때문에 혼자 살 수 있었을 것이다. 인간이 사회적 동물인 까닭이다. 서로 돕고 나누며, 밀어주고 당겨주고 어깨를 나란히 할 때 세상은 더욱 밝아질 것이다.

동생네 대문 옆 고욤나무는 이번에도 죽음의 고비를 피하고 살아남았다. 비록 접목 씨눈을 만나지 못해 감나무로 변신하는 데는 실패했지만, 인간과 함께 수백 년을 버텨 오면서 큰 불씨를 이겨낸 영웅으로 자신의 결실을 아낌없이 나눠 주고, 자신을 가꾸면서 긴긴 세월을 이어왔다. 이제부터는 새로운 수문장 역할에 더해 자신을 더욱 멋진 모습으로 가꿔 가며, 가을이면 늘 하던 대로 결실을 나눠 주며 자신을 꿋꿋이 지켜 나갈 것이다.

수백 년 만에 죽을 고비를 넘기고 다시 생명을 얻은 동생네 고욤나무가 활짝 웃는 모습으로 대문을 열어 주며 "어서오세요!" 하며 나를 맞는다.

15

등나무

Wisteria floribunda

갈등을 피하는 법

국무총리 공관의 등나무

"우와!"

보자마자 탄성부터 나왔다.

'세상에 이렇게 큰 등나무도 있구나. 이게 진짜 등나무가 맞긴 맞지?' 하는 심정으로 다시 나무를 올려다보고 내려다보고, 다시 또 돌아 만져 봤다. 공사작업차 들른 국무총리 공관의 등나무는 기둥으로써도 손색이 없을 만큼 크고 굵었다. 작업할 생각을 잠시 잊고 놀란 가슴을 쓸어내렸다. 천연기념물로 지정된 수령 900세, 뿌리 둘레가 무려 2.42미터나 되는 등나무라니……. 등나무는 그저 파고라나 아치, 테라스 등에 심고 지지대에 걸쳐 올려 그늘을 만드는 나무로만 생각했던 것은 큰 오산이었다.

공해나 병충해에 강하고 척박한 땅에서도 잘 자라는 나무인데다가 일반인의 출입이 통제되는 공관이라는 특정 장소에 자리잡았으니 공원이나 쉼터 등에서 심겨져 자라는 것보다 관리 상태가 좋을 수밖에 없다. 하지만 썩은 줄기를 파내고 수술한 흔적을 보니 사람이나 나무나 생로병사를 피할 수 없다는 생각에 마음이 짠했다.

살면서 병에 걸려 아프면 치료하고 사는 것은 인간사에 있어서 당연지사다. 사람이 태어나 죽을 때까지 무병장수하며 무탈하게 사는 것도 하나의 행복이겠지만, 고민과 번민 같은 정신적 고통으로 심란함을 겪지 않고 이웃이나 동료, 주변 사람들과 다툼 없이 사는 것 또한 하나의 행복일 것이다.

사랑에 취하다

우리나라에 천연기념물로 등재된 등나무는 6,500여 그루가 모여 자라는 부산 범어사 등나무 군생지, 일명 '등문곡(藤門谷)'과 경주 '오류리 등나무'가 있다. 경주 오류리 등나무는 소설 『반월당』의 '기묘한 이야기'에 소개될 정도로 재미난 이야기를 전해주고 있는데 개략적인 내용은 다음과 같다.

신라에 아름다운 자매가 있었는데 화랑인 한 남자를 같이 흠모했다. 화랑이 전쟁터에 나가 죽었다는 소식이 전해지자 자매가 서로 부둥켜안고 연못에 빠져 죽었다. 전쟁이 끝나고 살아 돌아온 화랑은 자매가 죽었다는 이야기를 듣고 역시 연못에 빠져 목숨을 끊었다. 그 후 그 자리에 팽나무 한 그루와 등나무 두 그루가 자라나 서로 휘감으며 자랐는데 팽나무는 화랑, 등나무는 자매를 상징한다.

그 얽힌 모습을 보고 '환영', '사랑에 취하다'는 꽃말이 생겼다. 등꽃을 말려 베개에 넣으면 부부 금슬이 좋아지고, 잎을 삶은 물을 마시면 남녀의 사랑이 깊어진다는 속설도 전해진다.

이야기에서처럼 사랑은 산골짜기를 넘나드는 물안개와 같이 자신을 초월해야 피어나는 것이고, 부부란 결혼이라는 사랑의 울타리를 둘러치는 것이다. 부부의 끈이 오래 이어지려면 그 끈이 등나무 껍질로 만든 밧줄처럼 탄력과 질김이 있어야 하며, 부부란 한 손바닥 안의 두 손가락과 같이 따로 또 한몸이 되어야 하는 것이다.

등나무의 특징

사랑의 상징이 된 등나무꽃은 청자색, 또는 흰색으로 잎겨드랑이에서 꼬투리 모양의 총상꽃차례로 진한 꿀향기를 내뿜으며 5월에 잎사귀가 어느 정도 나왔을 때 땅을 향해 포도송이처럼 매달려 핀다.

'다화자등(多花紫藤)'이라는 한자명은 '자색꽃이 많이 달리는 등나무'라는 말이다. 말 그대로 꽃필 때의 등나무는 올려다보면 덩굴 전체가 꽃으로 꽉 차 보일 정도의 꽃송이들이 주렁주렁 달려 핀다.

꽃과 어린잎은 '등화채'라 부르는 나물로 무쳐 먹기도 학고, 씨앗은 볶아서 먹기도 하는데, 예쁜 자주색과 흰색의 꽃은 꿀을 가지고 있어서 관상용 외에 밀원식물로도 좋으며, 보릿고개가 만연하던 시절에는 등꽃을 따먹으며 배고픔을 달래기도 한 구황식물이기도 했다.

꽃이 지고 나면, '수세미'로 불리는 길이 15cm 정도 콩깍지 모양의 협과 열매가 아래로 늘어져 달리며, 익으면 껍질이 터져 5~8개의 씨앗이 튀어나온다. 이 수세미는 오이처럼 생긴 덩굴에서 열리는 수세미가 아니다. 콩깍지 모양의 등나무 열매를 말하는데 익기 전에는 수분이 많고 단단하지만 숙성이 되면 말라서 쪼그라든다. 떨어진 커다란 열매는 밟으면 냄새가 난다.

콩목, 콩과, 등속(藤屬)이며, 온난대 상록 활엽 수림대에 자생하는 갈잎 덩굴인 등나무는 한국, 중국, 일본에 분포한다. 우리나라에서는 백등(白藤)과 붉은등(紫藤)이 주로 속리산과 그 주변에 많이 자생하고 있으며, 그 외에도 풍등(楓藤)과 남쪽지방에서 자라는 애기등(藤)이 있다. 번식은 주로 실생과 포기나누기, 꺾꽂이로 한다. 속성수라 음습하고 냉습한 곳이 아니라면 자라는 속도가 빨라서 공원, 쉼터의 그늘목, 근래 들어서는 고속도로 등의 비탈면 녹화에도 많이 이용되고 있다.

줄기는 오른쪽 방향으로 감으며 10미터 이상 뻗어 자라지만, 감고 오를 대상이 없으면 땅바닥에서 곧게 바로 쭉 뻗어나가며 자란다. 잎은 어긋나게 4~6쌍의 작은 잎이 끝이 뾰족한 달걀 모양으로 겹꼴겹잎으로 피고, 어릴 때는 털이 있지만 점차 자라면서 없어진다. 작은 가지에는 밤색 또는 회색의 막이 형성되고, 목질은 문양이 독특하게 나이테처럼 일그러진 동심원 모양을 나타내고 있다. 줄기는 바구니 제작에, 껍질은 새끼, 밧줄, 키 제작과 닥나무 대신 한지 재료로도 쓰인다.

하지만 동남아지역에서 생산 유통되고 등나무 가구에 쓰이는 나무는 종려과의 '라탄(Rattan)'이라는 수수야자과 덩굴식물로 완전히 다른 종(種)이다. 미국 로스엔젤레스 카운티 시에라마드로에 있는 수령 120여 년의 등나무가 세계 최고(最高)로 큰 등나무로 알려져 있는데,

동양에서처럼 가지를 잘라주며 관리하지 않고 자연적으로 자라도록 놓아두었기 때문에 크게 잘 자랄 수 있었다고 한다.

『조선왕조실록』에 신하들이 영조 41년에 '만년등'이라는 등나무 지팡이를 만들어 바쳤다는 기록이 나오지만, 조선시대에는 덩굴나무의 특성이 소인배를 상징한다고 여겨 양반들은 등나무를 업신여겼다고 한다. 하지만 『계림유사』에 "신라에서 등포(藤布)가 나온다"는 기록이 있고, 『고려도경』에는 "고려의 종이는 모두 닥나무가 아니라 등포(藤布)로 만들었다"는 기록이 나올 만큼 오랫동안 먹거리, 입을거리는 물론 생활필수품인 종이를 비롯해 민간요법에서도 중요한 역할을 차지해 온 약제 나무다. 간혹 생기는 '줄기혹'은 민간에서 암치료에 특효가 있다고 알려져 있으며, 뿌리는 이뇨제와 피부병, 부스럼 치료 등에 쓰인다.

얽히고설킨 인생

개인이나 집단 사이에 이해관계가 달라 적대시하거나 충돌을 표현하고 지칭하는 말이 바로 '갈등(葛藤)'이다. 오른쪽으로 감겨 자라는 등

(藤)나무와 왼쪽으로 감기는 칡(葛)이 같이 얽히면 둘 중 하나는 고사해야 끝장이 난다고 알려져 같이 자라기가 어려운 것에서 생겨난 '갈등(葛藤)'이라는 말은 불교 선문답 '현자'에서 따온 일본산(産) 한자 합성어로 생겨난 것이다.

등나무가 얽히고설키면 갈등이 일어나기도 하지만 금슬이 좋아지고 사랑이 빛나는 애정의 표상이 된다. 인생이란 '너 죽고 나 살자' 식의 찧고 빻는 갈등으로 점철된 전투가 아니다. '할 수 있고 해 보자'는 긍정적인 마인드로 서로의 잠재력을 북돋우는 사랑의 상생판이다. 살아가는 과정에서 우리는 다른 사람과 부딪히지 않으면서도 자기의 욕망을 성취하는 분별과 사리를 배우고 갈등을 피하는 법을 배운다. 이기든 지든 등나무처럼 휘감아 얽히고설킨 공동운명체 속에서 자애롭고 조화로운 삶을 만들어가며 사랑을 얻고 행복을 누리며 산다.

오늘도 삼청동의 900년을 넘겨 속을 비운 등나무가 갈등을 벗고 사랑으로 살아가는 지혜를 일깨우느라 달콤한 봄바람에 보랏빛 꿀향을 날리며 빼꼼히 내민 작은 잎새를 열심히 흔들고 있다.

16

칠엽수

Aesculus turbinata

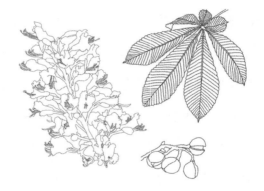

다름을 인정한다면

민 사장의 마로니에 사랑

무르익은 가을, 김포평야에 황금물결이 일렁인다. 콧노래를 부르며 한강변 도로를 달려 굴포천을 끼고 방향을 틀었다. 새로 난 아라뱃길 천변을 따라 가을이 한창이다.

민 사장에게서 전화가 왔다. 가을은 추어탕의 계절이라고, 김포 언저리에 있는 맛난 추어탕집에서 보자고 한다. 추어탕 아래 깔린 이야기는 소유하고 있는 밭이 아파트 부지로 팔리게 되어 심어둔 나무를 처분해야 하니 좀 봐달라는 것이다. 솔직히 나무를 심어둔 밭이야 봄철에 둘러본 기억이 있으니 별로 달라진 게 없을 터라 내심 추어탕에 마음이 더 끌렸다. 좋아하는 음식이기도 하지만 봄에 맛본 추어탕의 진한 맛이 가을에는 어떨까 하는 기대가 더 컸기 때문이다.

식사 내내 민 사장은 자기 밭의 마로니에가 가을 추어탕처럼 귀한 대접을 받는 좋은 나무라며 자랑 일색이다. 마로니에를 심게 된 동기부터 키우면서 생긴 밤톨 같은 에피소드까지 주저리주저리 칠엽수 꽃송이처럼 쏟아져 나오는 이야기가 자부심과 긍지를 넘어선다.

민 사장은 초여름 오뉴월 경 파리 여행을 떠났는데 가장 인상 깊었던 게 상젤리제 거리의 마로니에 가로수였다는 것이다. 베르사유 궁전에서 분홍빛을 띤 하얀 마로니에꽃을 보고 또 한 번 마음이 심쿵했고, 영국 템즈 강가의 마로니에가 좋다는 이야기를 듣고 일정을 늘려 내친김에 런던까지 다녀왔단다.

그 기분을 살려 이 밭에다가 마로니에를 심었고, 살면서 가장 좋아하는 나무가 되었단다. 이 좋은 나무를 나 아닌 다른 사람에게 처분하기가 아까워 꼭 내가 처분해 주기 바란다고 했다. 그러마고 대답은 했지만 자기가 좋으니까 나도 좋아해야 한다는 강요 같았다. 내 의중은 아랑곳없이 민 사장의 칠엽수 사랑은 끝이 없다. 밥이 입에 들어갈 시간도 없이 칠엽수 이야기가 이어진다.

살면서 서로 다르다는 것을 인정하고 산다면 다양하고 폭넓은 삶의 장이 펼쳐질 것이다. 좋은 것은 굳이 떠벌리지 않아도 세상에 드러나게 마련이다. 제대로 된 귀함은 남의 이목을 집중시키거나 요란을 떨지 않아도 눈부시게 빛이 난다.

일본칠엽수와 서양칠엽수

칠엽수는 세계적으로 2종 25속이 있는데 우리나라에서는 1종 2속이 분포하고 있다. 우리나라의 대학로, 목동 마로니에공원, 서대문 독립공원, 덕수궁, 강남고속터미널에서 법원단지로 넘어가는 길에서 자라는 품종은 대부분 일본 원산의 일본칠엽수다. 마로니에는 지중해 연안 페르시아 원산의 서양칠엽수이다.

칠엽수는 무환자나무목, 칠엽수과, 칠엽수속에 속하며, 키가 30미터까지 자라는 속성수이다. 건조와 대기 오염에 취약하여 땅이 깊고 배수가 잘되는 습기를 머금은 비옥토에서 잘 자란다. 뿌리는 심근성으로 직근으로 깊게 자라 이식에 취약하고, 음수이지만 자라면서 햇볕이 충분한 양지를 좋아한다. 성상에 따라 난쟁이형, 가지가 위로 서는형, 색깔 변이종 등이 있다. 대체적으로 병충해에 강하여 충해인 들

명나방, 자나방, 밤나방의 피해는 쉽게 구제 가능하다.

잎은 5~7개의 작은 잎이 나는데 보통 7개의 잎이 대부분이라 칠엽수라는 이름을 얻었다고 한다. 손바닥처럼 생긴 큰손겹잎이 마주나기를 하는데 가장자리에 겹톱니가 있고, 잎 뒷면에 붉은색의 부드러운 털이 나 있다. 서양칠엽수의 잎에는 주름살이 있다.

또한 꽃잎 4장, 수술 7개, 퇴화된 암수술 1개의 불규칙하게 다섯 갈래로 갈라지는 꽃받침을 가진 원추꽃차례로 양성화와 숫꽃이 함께 가지 끝에서 꽃이 피는 밀원식물의 낙엽교목이다. 서양칠엽수의 꽃은 일본칠엽수에 비해 약간 크다. 일본칠엽수의 꽃말은 '사치스러움, 낭만, 정열'이고, 서양칠엽수의 꽃말은 '천분, 천재'이다. 줄기가 곧게 자라며, 수피는 회갈색 또는 적갈색으로 얇게 판상으로 갈라지고, 겨울눈은 갈색을 띠며 점액질이 있어 끈적인다.

10~11월에 맺는 열매는 사슴의 눈을 닮았다고 하여 일명 '사슴의 눈(buck eye)'이라고도 부른다. 과피가 두껍고 황갈색이며 5cm 정도의 탁구공 크기로 숙성된다. 열매가 익으면 세 쪽으로 갈라져 적갈색의 밤톨과 유사한 거꾸로 된 원뿔 모양의 도원추형 종자가 떨어진다. 주로 번식은 8월 경에 채집하여 말려서 저장했다가 봄에 파종을 하거나 채집 즉시 파종하고, 3월 경에 삽목을 하기도 하지만 발아율은 낮

은 편이다.

일본칠엽수와 서양칠엽수는 겉보기에 서로 유사하게 생겨 보통 사람들은 구분이 어렵다. 일반적으로 삭과인 열매의 생김새로 구분한다. 일본칠엽수는 열매 겉껍질에 돌기가 없어 매끈하게 생겼지만 서양칠엽수는 뾰족한 돌기가 가시처럼 돋아나 있어 가시칠엽수로 불린다.

칠엽수 열매 속 씨앗은 밤과 유사하여 서양에서는 칠엽수를 '말밤나무(Conker Tree)'라고도 부른다. 칠엽수의 영문명은 'Horse Chestnut'인데 말(Horse)과 밤(Chestnut)이 합쳐져 있어 해석하면 말밤나무이기도 하다. 이런 명칭을 얻게 된 데에는 말이 숨이 차서 헐떡일 때 칠엽수 열매가 치료약으로 쓰였기 때문이라는 설과 잎이 붙어 있던 자리의 모양이 말발굽과 비슷해서라는 설이 있다.

잎과 열매에는 타닌 성분이 함유되어 맛이 쓰고, 심한 복통을 유발하며, 정신을 몽롱하게 하는 성분의 독성을 함유하고 있어 날것으로 먹으면 안 된다. 하지만 열매를 물에 우려내 식용이 가능하게 개발되었다. '설탕에 절인 밤톨'이라는 뜻을 가진 프랑스의 과자 '마롱글라세'와 일본 돗토리현의 도토리묵처럼 생긴 화과자 '도치모치'는 칠엽수 열매로 만든 지역특산식품으로 세계적인 명성을 떨치고 있다.

한약명으로는 사라자(婆羅子), 중국에서는 천사율(天師栗)로 부르는데 관중, 이기, 살충 효과가 있고, 혈기왕성을 도우는 강장제, 염증을 치료하는 소염제, 열증을 해소하는 청열, 동맥경화, 염증과 종기 치료, 종창 치료와 예방, 치질, 자궁 출혈에 효과가 있다고 알려져 있다.

나무의 재질은 비틀림이 많지만 가공이 쉽다. 나이테의 구별이 불분명하고 물결 무늬나 반점 무늬가 있어 가구재나 건축재로 쓰이고 있다. 서식 지역에 따라 북미원산의 미국칠엽수, 중국칠엽수가 있고, 붉은꽃이 피는 꽃칠엽수인 적화 마로니에가 있다. 꽃의 색깔로는 흰꽃이 피는 알바(Alba), 핑크꽃의 로제아(Rosea), 붉은꽃인 루브라쿤다(Rubracunda), 흰색꽃이지만 겹꽃으로 피는 바우마니(Baumani)가 있는데, 겹꽃인 바우마니는 종자가 형성되지 않는 특징이 있다.

같은 속의 교잡이 빈번하게 일어나 다른 나무에 비해 교잡종이 많은 편이다. 특히 대부분의 칠엽수 염색체 수는 40이지만 미국산 파비아는 염색체 수가 80이다. 이 미국산 파비아와 유럽산 마로니에의 교잡종인 카르네아(A. Carnea Hayne)는 생식력을 상실했는데, 이는 염색체 수의 배가로 유전인자가 고정되었기 때문인 것으로 알려져 있다.

세상의 모든 생명체는 종족 번식을 위해 고군분투한다고 알려져 있지만, 카르네아와 바우마니처럼 자연도 가끔은 섭리에서 벗어난 결과를 초래하는 것을 보니 이 세상에 완벽한 것은 없는 것 같다.

마로니에 잎이 지던 날

"5월의 마로니에는 신들과 인간들을 위하여 창조된 예술품이다"라고 마로니에꽃을 극찬한 하머톤(P.G.hammerton)의 말을 인용하면서까지 입에 침을 튀기며 마로니에 자랑에 열을 올린 민 사장의 말을 자르기 위해 던지듯 한 마디 했다.

"민 사장 밭에 심은 칠엽수는 서양칠엽수 마로니에가 아니고 일본 칠엽수라네. 별 차이야 없지만 보통 우리 업계에서는 일본칠엽수는 칠엽수, 서양칠엽수는 마로니에라고 부른다네. 하지만 보통 구분하여 쓰지 않으니까 그게 그거인 셈이지."

"......?"

모처럼 떠난 가을 나들이에서 돌아오는 길, 차 안 오디오에서 잔잔한 노래의 선율이 흘러나온다.

지금도 마로니에는 피고 있겠지
그 길에 마로니에 잎이 지던 날

가을의 김포가도는 늘 달려도 좋다. 차창 밖 누런 들판길에 마로니

에 잎이 가을바람에 뒹군다. 내년 봄엔 민 사장의 마로니에가 어디엔

가 옮겨져 진한 향을 날리겠지. 꽃말처럼 '낭만'과 '정열'을 천부적으

로 즐기면서!

인생은
오늘도
나무를
닮아간다

17

산사나무

Crataegus pinnatifida Bunge

당당한 아름다움

아침의 나무

금토동(金土洞). 처음 동네 이름을 듣고 정감이 갔다. 금같이 귀한 땅? 쇠처럼 여문 땅? 유래야 어찌되었건 듣자마자 귀하고 좋은 기운이 흐르는 땅이라는 향기가 나는 마을 이름이었다. 현재 고속 국도가 4개나 겹쳐 지나가고, 최첨단 산업단지 조성공사로 비약하고 있는 동네이니 귀한 땅이 맞긴 하다.

금토동 깊숙한 골짜기 국사봉 아랫자락에 지인이 땅을 사서 집을 짓고 조경 공사를 의뢰해 왔다. 가서 보니 제법 너른 비스듬히 경사진 밭과 전면에 개울을 끼고 있어 동북향이긴 했지만 아늑하고 포근함이 느껴져 편안한 기운이 감도는 땅이었다.

가을이 한창 무르익은 10월 중순 경이었는데 밭 귀퉁이 산자락과 맞닿은 곳에 서 있는 나무를 보고 마음이 확 당겼다. 빨간 열매가 조롱조롱 매달린 잿빛 수피에 가시를 촘촘히 달고 있는 나무였다. 고향에서는 보지 못했던 나무인데 자생으로 태어났지만 그동안 관리를 받은 흔적으로 제법 보기 좋게 다듬어져 수형이 잘 갖춰진 나무였다. 친구도 그 나무가 무슨 나무인지 궁금했는지 툭 던지듯 물었다.

"이게 무슨 나무고?"

"글쎄? 나도 처음 보는 나무라 알아보고 나중에 알려줄게."

"니도 모르는 나무가 있나?"

"나라고 뭐든 다 아나? 아는 것보다 모르는 게 더 많지."

"조경수로 많이 쓰는 나무는 아닌갑네? 니가 모르는 거 보니까. 열매도 이쁘고 전 주인이 약으로 쓰는 나무라 카데? 잘 가꾸고 했응께 그냥 살리 두는 기 조켔제?"

"그래. 이쁘고 좋으니 당연하지. 연식이 꽤 되어 보이네. 이렇게 키우려면 수십 년 걸링께 앞으로도 잘 키우거라."

집에 와서 도감을 찾아보니 '산에서 잘 자라는 아침의 나무'라는 뜻을 가진 산사나무였다.

꽃 중의 꽃, 메이플라워

장미목, 장미과, 산사나무속에 속하는 낙엽활엽소교목인 산사나무는 가시에 찔린다고 찔광이, 또는 아가위나무, 똥광나무, 야광나무, 동배나무, 이광나무, 찔구배나무 등으로 불리며, 사과맛이 나는 열매를 맺어 '산에서 자라는 사과나무'라고도 한다. 한자어로는 산길에 붉은 열매를 달고 있는 나무라고 산리홍(山里紅), 산조홍, 홍과자, 산로 등으로, 생약명으로는 산사자(山査子), 산사육(山査肉), 당구자 또는 붉은 대추라는 뜻의 적조자(赤棗子)라 불린다.

키는 5~10미터 크기로 자라며, 줄기에 가시가 있고, 변종으로 좁은잎산사나무, 넓은잎산사나무, 털산사나무, 가새잎산사나무, 자작잎산사나무 등 100여 종에 이르는 유사종이 한국, 중국 서부, 사할린, 시베리아에 분포하는 북방계 식물이라고 한다.

'유일한 사랑'이라는 꽃말을 가진 산사나무의 꽃은 흰색 또는 담홍색으로 가지 끝에 매달려 5월에 핀다. 밤꽃은 정액 냄새, 산사꽃은 음문 냄새가 난다고 알려져 있으나 꽃 중의 꽃으로써 5월의 꽃으로 불린다. 메이플라워라 칭송받는 유럽에서는 5월이면 산사나무 꽃다발을 문에 매다는 풍습이 있다. 그리스 아테네에서는 결혼식 머리 장식에 행복의 상징으로 사용하며, 가시가 있어 귀신을 막는다는 미신적 속설로 울타리용으로 많이 심는다고 한다.

서양에서는 산사나무가 천둥을 통해 태어나 벼락을 막아 준다는 이야기가 있다. 영국 배 메이플라워 호의 명칭도 안전항해를 염원하는 뜻으로 지었다는 속설과 소설 『해리 포터』에 등장하는 드레이코 말포이의 지팡이가 산사나무로 만든 것이라고 알려져 있다.

특히 기독교에서는 예수의 관(棺)과 곽(槨), 지팡이가 산사나무로 만들어졌다고 알려져 성수(聖樹)로 귀하게 여기고 있으며, 조선시대에는 궁 안에서 약용으로 재배했고, 영조 때에 일본으로 가져가 어약원(御藥園)에서 재배했다는 기록과 함께 서울 영휘원의 산사나무는 수령이 약 150년 정도로 천연기념물로 지정되었지만 태풍으로 고사한 아픈 역사도 있다.

위장병에 좋은 산사열매

이처럼 동서양을 막론하고 귀한 나무로 대접받는 산사나무는 번식을 주로 실생으로 하는데, 채종 후 11~12월에 바로 파종하여 거적을 덮어 보양하고 발아되면 육묘 후 옮겨심기를 한다.

내가 산사나무를 처음 접한 지 30여 년이 훌쩍 지난 지금은 관상용 정원수, 조경수로 개발되어 많이 재배되고 있으며, 밀원식물로도 각광받고 있어 이제 주변에서 심심찮게 볼 수 있는 나무가 되었다.

목재는 목질이 치밀하고 균일하며 탄력이 있어 비파(琵琶), 월금(月琴), 해금(奚琴)등 전통 현악기 복판(服板) 제작과 책상, 상자, 지팡이, 목침, 다식판 등을 만드는 데 쓰이고, 화력이 좋아 장작으로도 훌륭하다.

잎은 적성병, 깍지벌레, 진딧물 등의 피해를 입어 방제가 필요하며, 어긋나기로 달리고 달걀 모양 또는 세모난 달걀 모양인데 가장자리가 깊게 파여졌고, 불규칙하고 뾰족한 톱니가 있다.

9~10월에 익는 신맛이 나는 직경 1.5~3cm 정도의 붉은 열매는 흰색 반점이 표면에 있고 씨앗을 3~5개씩 함유하고 있는데 심은 뒤 5년 정도 후면 결실을 볼 수 있다.

열매는 식용으로 꿀이나 설탕에 절인 탕후루(糖胡蘆), 잼, 젤리, 시럽, 주스, 다육, 화채, 과자, 산사편, 산사주, 산사차 등을 만들고 새의 먹이로도 유용하며, 북한에서는 저주정탄산음료로 개발하여 국가 차원에서 재배를 장려한다는 이야기도 있다.

하지만 씨앗에는 아마그달린이라는 독성물질이 포함되어 있으므로 섭취하지 않는 것이 좋으며, 열매도 장복 시 위장 장애를 유발하거나 치아의 손상을 가져올 수도 있으므로 피하는 게 좋다. 씨앗을 발라내고 말린 열매는 약용으로 쓰인다.

민간요법으로 산사나무 껍질에 계피, 찹쌀가루를 넣고 꿀을 타서 끓인 산사죽(山査粥)을 설사나 급체에 복용했다. 산사 열매에 율무, 녹말가루를 풀고 꿀이나 설탕을 넣어 급체에 먹었던 산사탕(山査湯), 아토피 치료에 효능이 있는 산사차(山査茶)도 있다.

궤양성 위장병에는 열매를 볶거나 쪄서 복용하면 효험이 좋다. 열매에는 비타민 B, C, 과당, 포도당, 주석산이 함유되어 있어 피로회복, 고혈압, 심장보호 기능이 우수하여 '심장약초'로 불릴 만큼 그 효능을 인정받고 있다. 함유된 폴리페놀 성분은 항산화와 항노화 방지, 면역력 향상에 도움을 준다.

중국 송나라 '소동파'의 『물류상감지(物類相感誌)』에는 늙은 닭과 산사열매를 함께 넣고 삶으면 고기가 연해지고, 생선 중독 해독과 동상, 요통, 장출혈, 위산과다, 위산결핍 등에 효과가 좋으며, 위를 튼튼하게 하고 장의 기능을 바르게 하여 소화기능을 향상시킨다고 기록되어 있다. 『본초강목』에도 아가위는 음식을 소화시키고 고기 먹고 체했을 때 생기는 어혈과 두통을 없앤다. 뿌리는 적취를 다스리고 구토를 치료한다. 오래된 것일수록 좋으며, 쪄서 씨를 버리고 말려서 쓴다고 나와 있다. 부인 하혈, 노인 요통, 산후 복통, 부정맥, 동맥경화, 심근경색, 중풍, 정신분열증, 이질, 치질, 어혈, 다래끼, 딸기코 치료에도 좋다고 알려져 있다.

요즘엔 산사열매로 발효시킨 술인 '산사춘'이라는 가공식품이 생산되고 있고, 산사나무 가지에 사과나무를 눈접하여 한 그루에서 산사와 사과를 생산하기도 한다. 건조에 취약하고 병해에는 강해 토심이 깊고 비옥한 배수가 잘 되는 땅에서 수확량이 좋다.

유일한 사랑

산사열매의 효능을 알려주는 옛날 이야기가 있다. 엄마가 일찍 죽고 계모가 들어왔는데 자신의 아들이 탄생하자 본처 자식을 산속에 있는 밭에서 짐승을 쫓아 곡식을 지키는 일을 시켰다. 아버지가 일한다고 장기 외유를 떠나자 계모는 전처 자식을 산으로 보내 먹을 것도 주지 않았다. 보름 뒤, 전처 아들의 죽음을 확인하러 산에 들른 계모는 산사열매를 따먹고 살이 포동포동하게 찐 건강한 아이를 보고 놀랐다. 산신령이 앞으로 서로 잘 지내라고 아이를 보호한 것으로 여긴 계모는 개과천선하여 화목한 가정을 이루고 잘살았다고 한다.

목숨을 구하고 가정의 화목을 이루게 할 만큼 신목(神木)의 지위를 누리며, 풍부한 약효와 다양한 영양소가 함유된 산사나무는 앞으로 식용, 약용뿐만 아니라 아름다운 열매와 예쁜 수형으로 많은 계발(啓發)의 가능성을 지닌 당당한 나무로 여겨진다.

많은 것을 내어주고 담담히 살아가는 산사나무에게서 희생과 배려를 배우고 나눔과 사랑을 깨우친다. 사람도 부끄럽지 않고 기품 있는 당당함으로 주변에 사랑을 베풀고 나누었으면 하는 마음이다.

어김없이 세월은 가고 선선한 바람이 부는 가을이 왔다. 처음 만나 무슨 나무인지도 몰랐던 산사나무가 알토란 같은 땅, 금토동에서 아직도 건재하게 잘 자라고 있는지 궁금하다. 올 가을이 무르익는 10월에는 국사봉 산행길에 꼭 한번 들러 처음으로 인사를 나누었던 나무와 그간 소소하게 지냈던 재미난 이야기로 수다나 한참 떨다 와야겠다. 산사나무의 꽃말처럼 내 삶에서도 '유일한 사랑'이 맺어지고 나눔으로 이어져 빛나기를 고대하면서 말이다.

인생은
오늘도
나무를
닮아간다

18

산벚나무

Prunus Saragentii behder

자기 자리에서 최선을 다하기

오늘도 나는 산에 오른다

산꼭대기를 오르는 일은 예나 지금이나 힘들다. 최소 하루 네 번 그리 높은 산은 아니지만 일로써 오르려니 더욱 몸이 무겁다. 취미인 등산으로 하는 산행과는 마음가짐부터 다르고 느끼는 부담감도 차이가 크다. 해발 410.4미터의 건지산은 용인과 이천의 경계를 가르는 산이다. 스키장 슬로프를 만드는 일이니 두 다리와 발 말고는 달리 오를 방도가 없다.

참나무숲을 헤치고 오르내리기를 하루에도 수회. 슬로프 구역 내의 벌목할 것과 이식목을 표시하고 가려 작업에 임한다. 이식하기로 한 팥배나무 곁자락에 손가락 굵기로 두 가지가 뻗은 산벚이 있었다. 어차피 팥배나무를 캐려면 도태시킬 수밖에 없는 위치라 먼저 뿌리에 분을 떠서 캐달라고 부탁했다.

키는 겨우 150cm 정도로 승용차 뒷 트렁크에 알맞게 실렸다. 마침 집을 신축한 지 오랜 시간이 아니어서 짬짬이 정원을 만들고 있던 참이라 마당 구석 경계부 근처에 가져다 심었다.

팔방미인 나무

산벚나무는 장미목, 장미과, 벚나무 속에 속하는 핵과의 관속식물로 낙엽활엽교목이다. 원산지는 한국, 일본, 러시아 극동지방이며, 강원도부터 제주도까지 전국의 해발 1,600미터 이하의 산지와 일본 홋가이도, 쿠릴열도, 러시아 사할린 등에 주로 분포 자생하고 있는데, 다른 나무들에 비해 세계적으로 분포 지역이 좁으므로 해외 반출 등을 고려한 수종 관리가 필요한 나무이다.

벚나무에는 왕벚, 산벚, 겹벚, 일명 '수양벚'으로 불리는 처진개벚나무가 있다. 장미과 나무에는 벚나무 외에도 사과, 배, 살구, 앵두, 자두, 복숭아, 매화, 딸기,조팝나무까지 많은 계보를 아우르고 있으나 산벚은 한자명으로 대산앵(大山櫻), 즉 큰산벚이라 불릴 만큼 팔방미인 나무라 할 수 있다.

산벚은 왕벚과 구별이 어렵지만 산벚은 털이 없는 꽃자루가 3개 정도로 꽃자루축과 향기가 없다. 크기가 둥근 형태의 작은꽃과 나뭇잎이 동시에 피고 왕벚은 꽃자루축이 있으며, 크기가 큰 꽃이 먼저 피고 나뭇잎이 나중에 나온다. 산벚의 잎자루에는 윗부분에 만지면 끈적끈적한 한 쌍의 붉은색 꿀샘이 있고 털이 없다. 나뭇잎이 처음에는 붉은색으로 나오다가 점차 녹색으로 변하지만, 왕벚은 잎자루에 털이 없고 잎이 처음부터 녹색으로 나오는 특징을 가지고 있다.

산벚은 성장속도가 빠른 편은 아니지만 키는 크게 자라서 보통 20미터, 직경 90cm까지 자란다. 양지식물로 평탄하고 습기 많은 비옥한 토지에서 잘 자라며, 대기오염과 추위에 강하고, 바다 옆의 수림에서도 잘 적응하며, 실생이나 절접, 아접 등 접목으로 번식한다.

유사한 종류에는 꽃벚, 분홍벚, 잎벚, 사옥, 잔털벚나무 등이 있다. 가는 가지가 굵은 편으로 전지, 전정으로 자른 부위가 썩기 쉽고 상처가 잘 아물지 않기 때문에 주의를 기울여야 한다.

수피는 암갈자색으로 옆으로 벗겨지며, 껍질눈이 옆으로 길게 나타난다. 목재는 갈색 줄무늬가 있는 암회색의 변재와 암갈색 심재의 구별이 명확하나 붉은색 목질에 옹이 결점이 적다. 나이테가 불분명해 결이 고와 글자 새기기에 좋은 재질을 갖추고 있다. 활을 만드는 재료로 쓰일 만큼 탄력 있는 신축력과 광택이 좋아 가구재, 조각재, 악기재, 건축재, 장식용재로도 쓰인다. 특히 해인사 팔만대장경판에 사용된 산벚, 돌배, 고로쇠, 후박, 층층나무들 중에서 3분의 2 정도가 산벚나무다.

목질에는 기침, 습진, 두드러기, 아토피 치료에 좋은 성분을 함유하고 있고, 항산화 작용을 돕는 안토시아닌, 케르세틴을 함유하고 있어 항암 효과가 있다고 알려져 있다. 꽃은 4~5월에 흰색, 연홍색으로 피며 2~3개가 모여 꽃봉우리를 이루는데, 꽃과 꽃받침통은 자세히 관찰해야 구별할 수 있다.

열매 결실은 5~6월에 흑색으로 버찌가 익는데 식용이나 조류 먹이가 된다. 잎은 타원형이나 난상 타원형으로 표면이 짙은 녹색이고 털이 있으나, 뒷면은 분백색으로 털이 없고 삼각형 톱니가 있다. 큐마린 향을 품고 있어 향수 원료로 쓰이고 술이나 차로 만들어 마시기도 하지만, 기침과 해소에 좋아 약용으로 쓰기도 한다.

병해는 갈색무늬구멍병, 점무늬병, 흰가루병, 빗자루병, 탄저병, 암

종낭 등이 있고 충해는 흰독나방, 미국흰불나방, 텐트나방, 벚나무응애, 사시기잎진딧물 등이 있어 살균, 살충제로 방제가 필요하다.

옛 기록 속의 산벚

옛 문헌에는 화(樺)자나 앵(櫻)자로 표기되어 있어, 자작나무와 산벚나무가 혼용되어 쓰였음을 알 수 있다. 하지만 성(城) 주변에 벚나무가 많다고 앵잠성(櫻岑城), 벚나무가 많은 계곡을 앵곡(櫻谷)으로도 표기되어 있다. 정약용의 『다산시문집』의 '산앵(山櫻)'에는 열매가 검은 것으로 나오는데 『삼국유사』에 신라 경덕왕때의 스님 이야기에 앵통에 차(茶) 도구가 들어있다는 기록을 볼 때 산벚이라는 것을 짐작할 수 있다.

산벚은 활과 관련된 기록이 많다. 탄성이 좋아 활의 재료로 이용되었고, 특히 껍질은 활의 손잡이에 손이 아프지 않게 감아서 사용했다. 『세종실록』의 동궁, 노궁에 화피(樺皮)를 바른다는 기록, 효종 때 북벌 계획의 일환으로 활의 재료인 산벚을 대단위로 우이동에 심었다는 기록, 『난중일기』에 화피 89장을 받았다는 기록, 성종때 명나라 사신 동월의 화피로 만든 활에 대한 기록 등을 볼 때, 화(樺)로 표기된 것들도 산벚이라고 유추할 수 있겠다.

선조들은 산벚나무를 나무와 껍질을 이용하는 식물자원으로 여기고 귀하게 관리해 왔음을 알 수 있다. 지금은 산벚나무가 주로 관상용 조경수로 심어져 봄꽃놀이의 대명사가 되었지만 벚나무가 꽃놀이에 이용되었다는 기록은 없다. 이는 일제강점기를 거치면서 생겨난 일본 문화의 영향이라 여겨진다.

단풍처럼 물든 우정

당시에는 그저 벚나무겠거니 하면서 꽃이나 보자고 가져다 심었는데 알고 보니 보물 같은 산벚나무다. 30여 년이 지난 지금 두 가지는 각각 직경 25cm를 상회할 만큼 굵게 자랐다.

우리 집 울 안에서는 가장 먼저 화사한 꽃과 일찍 물드는 예쁜 단풍이 봄과 가을을 알리는 계절 지표나무가 되었다. 흩날리는 꽃잎과 일찍 떨어지는 낙엽 청소가 제법 성가시긴 하지만 꽃과 단풍을 보고 즐기는 기쁨이 초등학생 소풍날만큼이나 크다.

여름이면 진한 녹음 그늘에 길고양이도 들러 낮잠을 즐기고, 까치와 조롱박도 간식과 휴식을 맛보러 가끔 들른다. 맛있는 먹거리에 너른 품을 나누어 오가는 동물들의 사랑방이 되었다.

단풍이 들어 낙엽이 뒹구는 초가을 오후, 친구 부부가 막걸리나 한잔 하자며 찾아왔다. 철 이른 가을을 느껴 보겠다고 후줄그레 내린 비에도 쓸어내지 않은 낙엽이 자갈 깔린 마당을 덮었다. 펼쳐놓은 야외 탁자와 의자에도 잎이 수북했다.

술로 얼굴이 익어갈 즈음 앞집 지붕에 걸린 석양이 비 온 뒤의 구름을 물들여 눈부시게 붉었다. 해질녘 나무 그늘엔 따스한 사람의 온기가 일렁였다. 나무 아래 취기 오른 불콰한 얼굴들은 떨어지는 물방울에도 환한 웃음을 띠고 가을을 만끽했다. 우정이 단풍처럼 물들어 갔다.

죽을 목숨을 살려준 보답으로 산벚나무는 오늘도 변함없이 아름다운 자태로 묵묵히 자기 자리에서 본분을 다하고 있다. 희생과 배려, 봉사와 겸손이 부족한 요즘, 아낌없이 베풀기만 하는 산벚나무는 나 자신을 돌아보게 한다.

철커덕 대문 여닫는 소리에 초롬한 까치들이 물방울을 튀기며 퍼드덕 날개를 편다. 잎새와 함께 물방울이 사방으로 번진다. 잘 가라

고, 있다가 다시 또 오라며 산벚나무가 젖은 손을 흔든다. 가을은 모
든 걸 내어주는 계절이다.

인생은
오늘도
나무를
닮아간다

19

포도덩굴

Vitis vinifera L.

더불어 사는 행복

담장 위의 덩굴

"꽃시장 가서 포도나무 네 그루를 사다가 사무실 옆 담장 화단에 좀 심어요."

"꽃시장에서 포도나무도 팝니까?"

"앞쪽 코너에 보면 산림조합에서 운영하는 나무시장이 있어요. 거기 가면 팔아요."

겨울 동안 옆집과의 사이에 있는 담장에 덩굴을 올릴 지지 철망을 만들었다. 서로 창문이 가까이 있어서 가림막을 하면 답답하리라 여겨져 짜낸 궁여지책이다.

건물로 인한 그늘이 드리워지기 때문에 무슨 덩굴식물이 좋을까 고민했지만 마땅한 수종을 찾지 못했다. 성장이 느린 품종이 제 역할을 다하기에는 시간이 너무 오래 걸릴 테고, 1년생 식물로는 불가능하다는 판단이 섰다.

어름덩굴, 오미자덩굴, 담쟁이, 송악, 등나무, 능소화 등을 고려했으나 부적합한 것으로 생각되어 칡을 선택할까 고민하다가 이왕이면 유실수가 좋겠다 싶기도 하고 자라는 속도가 빠르고 잎이 넓어 제격이다 싶어 포도나무를 선택했다. 덩굴손으로 다른 물체를 감고 잡아 자라니 철망에 적응하기에도 쉬울 것이고 과수가 아니라 가림이 우선 목표니 안성맞춤이라 생각했다. 칡은 성장이 빠르긴 하지만 수년 전 집에 심어서 관찰해 보니 잘 자라다가 뿌리 근처 줄기에 벌레집이 생기니까 갑자기 전체가 고사한 실패의 경험이 있다.

악마의 포도

포도는 장과(漿果)에 속하는 과일로, 일명 '패도'라 부르기도 하지만 잘 쓰지 않는 말이며, 포도 속 식물이나 열매를 총칭한다. 갈매나무목, 포도과, 포도속에 속하는 낙엽활엽덩굴성식물로 중동지역이 원산지이지만 세계적으로 15만 종이나 있는 것으로 알려져 있다.

배수가 양호한 땅을 좋아해 연평균 기온이 섭씨 11~15도 정도의 기온에서 잘 자라고, 지중해 연안이 생산의 중심지이다. 10대 생산국인 이탈리아, 중국, 미국, 프랑스, 스페인, 터키, 이란, 아르헨티나, 칠레, 남아프리카공화국 순으로 현재 생산량이 많은 것으로 발표되었다. 국내 생산지로는 김천, 영천, 아산, 영동, 옥천, 안성, 화성, 안산과 세종시 등이 있다. 주로 보라색 계통의 포도를 생산해 왔으나 근래들어 씨 없는 청포도 종류인 샤인머스켓 등 다양한 품종이 수입되어 생산되고 있다.

포도는 세계 전체 과일 생산량의 약 3분의 1정도를 차지하고 있는데, 이는 포도주 생산의 영향이 크다고 한다. 품종에는 크게 재래종인 포도, 미국 포도, 교배종으로 대별하지만 전파 과정에 따라 남유럽계, 중앙아시아계, 동아시아계로 구별하기도 하며, 색상에 따라 보라색인 포도, 녹색인 청포도, 붉은색인 적포도가 있다. 식용으로 캠벨얼리, 거봉, 청포도, 머루포도, 크림슨포도와 적포도주 용으로 카베르네쇼비뇽, 피노누아, 시라, 메를로, 가메이가 있고, 백포도주 용으로 리즐링, 샤도네아, 슈넹블랑이 주로 재배되고 있다.

번식은 주로 꺾꽂이, 휘묻이, 접목으로 하며, 꽃은 담록색으로 5~6월에 개화하는데, 꽃이 피기 일주일 전쯤 새순 끝을 잘라주면 광합성으로 만든 성분을 포도당으로 저장하는 열매가 튼실해지고, 심은지 2~3년이면 수확이 가능하다. 한 그루에 보통 50~60송이가 달리지만 중국에서는 800송이, 우리나라에서는 최고 4,500송이가 달렸다는 기록도 있다. 8~9월에 숙성이 되지만 주로 초가을인 9월이 수확 적기이다.

해충은 '필록셀라'가 있는데, 뿌리혹에 기생해 영양분과 수분의 흡수를 방해한다. 열매는 비를 맞으면 열과로 터질 우려가 있고, 보통 종이봉투를 씌우거나 비닐하우스를 씌워서 방제를 하는 게 일반적이다.

포도알 표면에 하얀 가루가 묻어 있는 것은 먼지나 약제가 아니고 '블룸'이라는 성분인데, 알맹이의 수분 증발을 억제하여 열매를 보호하고, 효소작용으로 포도주를 담글 때 발효 효과를 내고, 인체에는 무해하다.

포도는 81%의 수분, 18%의 탄수화물, 1%의 단백질로 구성되어 있다. 주요 성분으로는 피로 회복에 좋은 포도당과 당분을 함유하고 있으며, 비타민 A,B,C,D는 원활한 신진 대사를, 레스베라트롤 성분은 항암효과와 다이어트, 세포를 젊게 하여 피부 건강에 효능이 있다. 안

토시아닌은 활성 소를 억제시켜 노화 방지를, 살산산은 혈액순환을, 칼슘, 철, 인, 나트륨, 마그네슘 등 무기질은 당뇨, 빈혈, 소염제, 소화 능력 향상, 시력 회복, 구강 건강, 치매 예방과 골다공증 등 성인병 예방과 체질 개선에 효과가 있다.

포도는 상하기 쉽고 보관이 어려워 포도주, 청, 주스, 차, 식초와 건포도, 케첩, 젤리로 가공 유통하고, 씨앗은 포도씨유를 짜기도 한다. 특히 씨앗에는 영양이 풍부하고 미용에도 효과가 있어 씨와 껍질을 모두 먹는 것이 좋다고 한다.

속설에 포도씨를 먹으면 맹장염에 걸린다는 이야기는 사실 무근이다. 개가 먹으면 구토, 설사를 일으키고 심하면 목숨을 잃을 수도 있기 때문에 절대 개에게는 포도를 먹여서는 안 된다고 한다. 하지만 『이솝우화』에 개과에 속하는 여우가 등장해 높은 담장의 포도를 먹으려 실패하는 이야기는 포도밭에 여우가 굴을 자주 파기 때문에 만들어졌다고 한다. 또 사슴이 사냥꾼에 쫓겨 포도나무 속에 숨었는데 배가 고파 잎을 먹어치우는 바람에 사냥꾼에게 발각되어 붙잡혔다는 이야기도 있다.

포도의 어원은 박트리아어로 '포도주'를 뜻하는 'badawa', 아키드어 '포도주 항아리'의 'batu', '그릇'의 'batium'에서 유래했다. 중국에서는 'buo dau'로 발음 하는데, '蒲陶-蒲萄-葡萄'로 변화 과정을 거쳐 '葡萄(포도)'로 통일되어 동아시아 각국으로 퍼져 나갔다. 우리나라 『훈몽자회』에는 '멀위', '머래', '머루'로 소개되어 있지만, 오늘날 '머루'는 야생 '산포도'를 일컫는다.

세계 최고의 양조장은 기원전 4천 년 경 아르메니아의 아레나 양조장이며, 8천 년 전의 조지아 고대 유적에서 포도 씨앗이 발견된 것으로 보면 포도는 훨씬 그 이전부터 재배되었다고 추정된다. 중국 『사기』의 '대왕열전'에 기원전 2세기에 '장건'이 사신으로 갔다 와서 한나라 황제에게 포도 씨앗을 바쳤다는 이야기가 나오는데 이것이 포도가 동아시아로 전파된 기원인 것으로 알려져 있다.

포도주는 원숭이가 따서 나중에 먹으려고 저장한 포도가 발효된 것이 최초의 술이라는 이야기가 있다. 『탈무드』에도 원숭이가 등장하는 '악마의 포도 이야기'가 있다. 아담이 포도나무를 심을 때 악마에게 "맛있고 기분 좋아지게 하는 물을 만드는 열매가 열리는 나무"라 하니, 악마가 도움을 줄 테니 자기도 먹게 해달라고 해서 아담이 허락했다. 악마는 포도나무에 양, 사자, 돼지, 원숭이 피를 주며 키웠다. 그래서 술을 마시면 처음에는 양처럼 순하다가 사자처럼 사나워지고 돼지처럼 아무 곳에서나 뒹굴다가 마지막엔 원숭이처럼 날뛰게 된다는 이야기다.

한국 전래설화에도 이와 비슷한 이야기가 있다. '보라'라는 주인공이 선비, 스님, 미치광이의 간으로 포도나무를 키웠는데, 포도주를 마시면 처음엔 선비처럼 얌전하다가 스님처럼 돌아다니고 미치광이처럼 날뛰게 된다는 이야기다. 두 이야기가 일맥상통하는 것을 보면 동서고금을 막론하고 술의 위험성에 대해 경고하고 있다.

역사적으로 살펴보면 영국을 무대로 한 영화 〈프롬 헬〉에서는 연쇄 살인범이 피해자를 포도송이로 유인, 납치, 살해하는 장면이 나오고, 중세 그림에 귀족들이 누워서 포도송이를 먹는 장면들이 등장하는 것을 보면 당시 포도의 위상과 존재감을 확인할 수 있다. 톨스토이의 단편과 존 스타인백의 『분노의 포도』에 나오는 포도 관련 이야기는 사람의 삶과 원죄에 대한 생각을 갖게 한다.

수확의 기쁨

이처럼 맛있고 좋은 성분으로 가득찬 포도를 심은 지도 햇수로 벌써 4년째다. 처음 사다 심은 묘목은 관수의 실패로 고사하였고, 늦은 봄, 다시 사다 심은 묘목이 지금의 포도나무다. 과수원에서 수종 갱신하느라 캐다가 판매한 나무라 나이가 제법 많지만 캠벨얼리 품종으로 작년에 이어 올해도 20킬로그램 이상을 수확했다. 알이 듬성듬성 박히긴 했지만 생즙으로 짜서 아침마다 직원들과 나눠 마시면서 직접 지은 농사(?)의 수확물을 나누는 기쁨을 맛보고, 가꾸고 보살피는 정성과 열정으로 식물과 공존하는 지혜를 배운다. 목표인 가림막은 맛있는 포도즙에 더해 덤이다. 햇빛도 부족한 반그늘에서 열심히 몸부림쳐 탄생하는 포도의 결실을 볼 때마다 생명에 대한 강한 의지력과 고귀함을 더해 서로 더불어 살아가는 귀한 교훈을 얻는다.

점심 먹으러 회사 옆 식당에 오랜만에 들렀더니 식당 아주머니가 올해 포도가 엄청 많이 달렸던데 따서 맛있게 드셨냐고 묻는다. 성글게 달려 즙으로 짜서 먹었다고 하니, 지나다니며 높다랗게 타고 오른 덩굴에 포도가 달려 신기하기도 했고, 잘 익어 맛이 있었는지 궁금하기도 했단다. 자기네 가게에도 감나무와 같이 심고 싶은데 심을 자리가 마땅치 않단다. 온통 콘크리트 포장으로 덮은 땅이니 나무 한 그루 심을 자리 하나 마땅치 않은 게 대부분 도심지 건물 주변의 현실이다.

블록 포장을 걷어내고 심은 포도 덩굴 식재 구덩이를 연결한 담장 아래 화단에 유기질 거름을 듬뿍 섞은 흙을 채우고 상록 초화류를 심었다. 포도덩굴도 같이 영양분을 흡수할 거라 생각하며 내년엔 포도가 알알이 촘촘하게 박혀 달리기를 기대하면서 말이다.

"이제 처서가 지났으니 저 올해 나온 줄기, 눈 네 개씩만 남기고 잘라주세요."

"올해는 꽃피고 열매 맺을 때 전정을 못했지만, 내년엔 시기 놓치지 말고 잘라줘서 더 좋은 포도를 따서 나눠 먹어 봅시다."

자른 가지가 땅바닥으로 "투둑!" 하고 떨어지니 꼭대기에 남은 까치밥이 바닥에 떨어져 뒹군다. 놀란 박새가 포도덩굴에 앉았다가 날개를 활짝 펴고 하늘로 비상한다. 옆집 사이로 새를 쫓아 올려다본 하늘에 새털구름이 보이고, 박새가 다시 돌아올 꿈을 향해 날갯짓하며 날아오른다.

20

꾸지뽕나무

Cudrania tricuspidata

나눔의 메아리

재미있는 지명

세상에는 참으로 별별 지명이 다 있다. 아래 윗동네로 상품리가 있으니 하품리가 있고, 전리가 있으니 후리도 있다. 외기동이 있으니 내기동이 있고, 신촌이 있으니 구촌도 있다. 일제강점기를 거치며 생긴 일본 잔재의 영향이겠지만 원래 우리말로 부르던 이름으로 돌려놓으면 좋겠다는 생각이 든다.

안성에는 일죽, 이죽, 삼죽면이 있는데 원래는 죽일, 죽이, 죽삼면이었다. 죽일면장, 죽일면민, 죽일조합장 등 어감이 안 좋아 바뀌어 부르게 되었다지만 지명사전을 보면 전국에는 고쳐야 할 지명이 수없이 존재한다.

하품리는 산소 부족으로 오는 잠의 신호인 하품이 아니라 품리라
는 원지명에서 유래하여 윗동네는 상품리, 아랫동네는 하품리라 불리
게 되었다. 주민들의 반대로 이제 상품리는 명품리로, 하품리는 사찰
인 주어사에서 유래된 지명인 주어리로 바뀌었다고 한다. 마을 사람
들의 간절한 염원대로 명품 마을이 되었으면 좋겠다.

여주의 동네 이장이자 부동산중개사무실을 운영하는 사장으로부
터 땅을 소개받으며 들은 너절하지만 재미있는 지명에 얽힌 이야기
다. 그곳은 명품리와 경계한 주어천을 끼고 자리잡은 부지 중에서도
유명 사찰 지세를 등에 업고 앉은 길지에 둥지를 틀었다.

밭에는 고구마가 심겨 온통 푸른 줄기가 뒤엉켜 있었는데 가장자
리를 따라 늘어선 나무에 딸기 같은 빨간 열매가 주렁주렁 달려 있었
다. 멀리서 언뜻 보니 산딸나무인가 했는데 주인이 꾸지뽕나무란다.
세 그루는 옮겨 갈 것이고, 나머지는 그대로 둘 터이니 귀한 나무니까
잘 키우라고 했다.

활을 만드는 나무

처음 접한 나무라 요모조모 둘러보며 유심히 살펴보았다. 키가 4~6미터 정도였는데 나중에 책을 찾아 보니 8미터까지 자라고, 산기슭이나 양지쪽 마을 부근에서 자라는 장미목, 뽕나무과, 꾸지뽕나무속의 낙엽활엽소교목으로 나온다. 한국과 중국이 원산이며, 주로 한국, 중국, 일본에 분포한다. 병충해에 강하고 목질이 박달나무처럼 단단하다. 잎은 넓은 달걀 모양으로 가장자리에 톱니가 있고 5~7월 사이에 채취한 잎이 약효가 높다. 가지에는 0.5~3.5cm 정도 크기의 가시가 있으며 이는 가지가 변해 생긴 것이다. 어린 나무와 새로 난 가지의 잎은 세 갈래로 갈라진 잎이 나고, 묵은 가지에는 가장자리가 밋밋한 달걀 모양의 잎이 난다고 쓰여 있다.

잎은 누에치기에, 가지는 활을 만드는 재료로, 껍질은 질기고 긴 섬유질이라 닥나무 대신 종이를 만드는 원료로 쓰인다. 껍질과 잎과 뿌리는 말린 후 끓여 약용으로 사용하고, 열매는 기름을 짜거나 술, 잼, 차로 만들어 복용하기도 한다. 약성은 따뜻하고 맛은 달며 독성이 없다.

여러 개의 열매가 뭉쳐서 하나의 열매처럼 열리는 산딸기 모양의 취과(取果)로 9~10월에 붉게 익으며, 완전히 숙성된 종자는 검은색이다. '지혜, 못다 이룬 사랑'이라는 꽃말을 가진 꽃은 단성화로 5~6월에 암수 딴 그루로 개화한다. 암꽃은 꽃잎 4장으로 직경 1cm 정도의 공모양으로 피며, 수꽃은 노란색으로 꽃잎이 4~5장이며 암술대는 2개로 이루어져 있다.

꾸지뽕나무의 특징은 가시가 있고, 수피는 회갈색이지만 뿌리는 노란색이다. 조경용수나 약제목으로 재배되며, 옛부터 뽕나무는 누에 치기에, 꾸지뽕나무는 활 제조에 주로 쓰였으며 중국에서는 꾸지뽕나무로 만든 활을 최고로 여겼다.

역사 기록을 보면 명나라 송응성의 저서 『천공개물(天工開物)』에는 "꾸지뽕나무의 잎을 먹고 자란 누에의 실로 만든 활시위는 단단하고 질기다"고 하며, 유희가 지은 『물명고(物名攷)』라는 어휘사전에는 "활의 몸체를 만드는 데 꾸지뽕나무를 쓰고 이것으로 만든 활을 오호(烏號)라 했다"고 설명하고 있다.

『동의보감』에는 "몸이 허약하여 귀먹은 것과 학질을 낫게 한다"고 기록되어 있으며, 『본초강목』에도 "뿌리와 껍질이 이명과 난청 치료에 효과가 좋다"고 소개되어 있다.

한약명으로는 자, 자목, 자자, 상자, 자목피, 자수엽, 자수과로 불린다. 루틴, 항산화, 아스파라긴산, 미네랄, 가바 성분이 풍부하고, 열매에 칼슘, 인, 칼륨, 마그네슘, 비타민A, B1의 함유량이 높다. 플라포

노이드계의 성분인 모린, 모르찐, 루틴 성분도 많아 항암효과가 크다.

요즘은 혈당조절과 노화억제에 좋다고 알려져 건강식품으로 각광받고 있다. 특히 잎 추출물은 아토피에 효험이 있고, 강장보호, 타박상, 해열, 행혈, 자궁염, 생리불순, 자궁근종, 자궁암, 신경통과 관절염의 근골격계 통증 완화, 동맥경화와 당뇨 및 고혈압 예방효과, 숙취해소, 면역력 증강에 도움을 준다고 알려져 있다.

지방마다 부르는 이름이 다르지만 보통은 꾸지뽕나무로 불리고 있다. 가시가 있다고 굿가시나무로 불리기도 하고, 황해도에서는 활을 만드는 나무라고 활뽕나무로도 불린다.

꾸지뽕나무라는 이름으로 불리게 된 데에는 우스갯소리 같은 재미난 이야기 두 가지가 있다. 그 하나는 재질이 뽕나무보다도 더 단단한데도 굳이 뽕나무라고 우겨서 '굳이뽕나무'라고 부르다가 '꾸지뽕나무'가 되었다는 이야기고, 다른 하나는 누에를 치는 뽕나무가 부러워서 자기도 굳이 뽕나무가 되겠다고 하여 '굳이뽕나무'로 불리다가 변화되어 '꾸지뽕나무'가 되었다는 이야기다. 꾸지뽕나무든 굳이뽕나무든 애정을 갖고 심어 가꾸던 나무를 선뜻 내어주는 인심이 넉넉하여 그저 고맙고 감사할 따름이다.

나누는 즐거움

한 선배를 만났더니 가을이면 꾸지뽕나무 농장으로 체험노동을 떠난단다. 수확을 도와주고 꾸지뽕 열매를 품삯으로 받아와 1년 동안 식품으로 섭취할 거라고 했다. 내가 창고를 지으려면 밭 주변에 심긴 꾸지뽕나무를 옮겨야 하고 너덧 그루는 없애야 할지도 모르겠다고 했더니 그 귀하고 좋은 나무를 왜 없애냐며 펄쩍 뛴다. 이왕 없앨 거면 자기를 달랜다. 화분에다 심어 옥상에서 키우겠다길래 부지를 정리하며 일부는 옮겨 심고, 전 주인이 세 그루, 선배가 네 그루를 가져갔다.

나누고 베푸니 푸근한 마음이 생긴다. 전 주인의 배려로 베풂을 받은 내가 다시 나눌 수 있어 뿌듯하고 즐거운 마음이 앞섰다. 특히나 건강을 지켜주는 좋은 성분으로 가득 차 있다고 알려진 귀한 꾸지뽕나무를 요긴히 쓸 사람에게 전해준다 생각하니 더욱 뜻깊은 일이라 여겨졌다. 아무리 귀한 것이라도 필요치 않은 사람에겐 쓰레기일 뿐이고, 미천하고 보잘것없는 것일지라도 정작 필요한 사람에게는 귀하고 소중한 것이기 때문이다.

나눔이란 메아리와 같다. 소리치면 되돌아오는 메아리처럼 나눔은 나눔으로 되돌아온다. 우리의 선조들은 부족함을 나눔으로 채웠다.

두레를 결성해 힘을 보태어 나눌 줄 알았고 품앗이로 노동을 나누었다. 자신이 먼저 베풀면 되돌아오는 메아리처럼 상대방도 함께 나눈다는 것을 터득하고 삶의 지혜로 생활에 적용했다. 사람이기에 더불어 생기는 훈훈한 정감은 덤이었을 것이다.

이식하며 자른 가지와 캐낸 뿌리는 그늘에 말렸다가 닭백숙을 끓일 때 함께 넣어 삶았더니 느끼하지 않고 담백하여 즐겨 먹고 있다. 건강은 건강할 때 지키랬다며 말이다. 내일은 건강을 그렇게 챙기며 살던 선배에게 전화 한번 넣어봐야겠다. 화분에서도 잘 자라고 있는지, 열매는 잘 맺는지, 이제 꾸지뽕 밭으로 체험노동을 떠나지 않아도 되는지……. 전화해야겠다고 마음을 먹으니 그동안 소원했던 시간만큼 궁금한 게 갑자기 많아진다.

주어리 창고 부지 주위에 옮겨 심어 자라는 꾸지뽕나무는 올 가을에도 따뜻한 나눔과 배려의 결실로 빨간 열매를 주렁주렁 매달았다. 뿌리내린 땅이 명품으로 푹 익어 변하기를 꿈꾸면서 말이다.

오늘도 쉭쉭 뜨거운 김을 내뿜는 압력솥 안에서는 변화의 압력을 받으며 꿈이 익어 간다.

제 3 부

나무와 함께한
희로애락

21

자귀나무

Albizia julibrissin Durazz

배움의 기쁨

가마재 고갯길

고향마을에서 삼십여 리 떨어진 곳에 가마재가 있다. 숙종의 폐비 인현왕후가 가마를 타고 넘었다고 하여 이름 붙여진 고갯길이다. 재를 넘으면 사방이 산들로 둘러싸여 지형이 감옥 같다고 감옥재라 부르던 것이 가목재에서 가막재로, 다시 가마재가 되었다는 설도 있다. 예전엔 양쪽 골짜기를 통해 도보로 넘나들었다. 일제강점기에 산림자원을 수탈할 목적으로 개설되어 차량 한 대가 겨우 지나갈 정도의 좁은 길이었는데 지금은 2차선 아스팔트 도로로 변했다.

여름 한철 버스가 숨을 헐떡이며 오르내리는 가마재 아흔아홉 모퉁이 굽이길 도로의 절토면 비탈에는 아까시 나뭇잎처럼 가늘게 생긴 잎을 달고, 분홍색과 흰색 솜털로 만든 낙하산 모양의 꽃이 핀 가지가 옆으로 퍼져 자라고 있었다. 수피가 뽕나무를 닮은 나무가 마사토 틈 새에 뿌리를 박고 환한 모습으로 맞아 주어, 위험하고 지루한 고갯길 여정을 호기심 가득한 마음으로 즐겁게 오갈 수 있었다.

잠자는 나무

자귀나무를 다듬는 연장을 까뀌 또는 짜구, 표준어로는 자귀라 불러, 짜구대 나무 혹은 자귀대 나무라 부르다가 자귀나무가 되었다. 잡귀를 몰아낸다는 데서 유래했다는 설과 밤이 되면 잎을 모아 잠자는 시간을 귀신같이 알아맞춘다고 자귀나무라 부른다는 설이 같이 전해지고 있다. 제주도에서는 자귀낭이라 부르는데 나무를 낭으로 부르는 방언이 합쳐져 이루어진 말이다. 아기가 자귀나무 아래에 누워 있으면 학질에 걸린다는 설이 있다.

이 외에도 9~10월에 맺는 콩깍지 모양의 열매가 늦은 겨울까지도 가지 끝에 매달려 바람에 달그락거리는 소리가 여자들의 수다 떠는 혀를 연상케 한다고 여설목(女舌木)으로, 밤이 되면 잎을 오므려 맞댄 채 잠을 자는 특징을 가지고 있다고 야합수(夜合樹)로, 기쁨을 부르는 나무라고 합환목(合歡木)이라고도 한다. 혼인을 만드는 나무라고 합혼수(合婚樹), 정이 많은 나무라고 유정수(有情樹)라고 불리기도 하며, 또 다르게 용화수라 부르기도 한다. 식물 칼럼니스트 이동혁은 자귀나무의 이름이 잎의 수면운동에서 연유된 별칭 좌귀목(佐歸木)이 좌귀나무로 되었다가 자귀나무가 되었다는 주장을 하고 있다.

자귀나무는 이란이 원산지로 한국, 중국, 일본, 대만, 인도, 네팔 등 남동아시아의 양지바른 산과 들에 자생 분포하는 콩목, 콩과, 자귀나무속의 낙엽소교목으로 병충해에 강한 속성수지만 수명은 다른 나무들에 비해 짧은 편에 속한다.

키는 5~15미터 정도로 크고, 1년생 가지는 털이 없고 능선이 있는데 대체로 가지는 옆으로 길게 퍼져 자란다. 목질이 좋아 조각재, 목공예재로 주로 사용되고 있으며, 척박한 토양에서도 잘 자라 사방용수로 많이 식재되고 있다. 꽃나무 아래에 있으면 끈적이는 꿀비와 꽃을 찾은 곤충의 똥비가 내릴 정도로 꿀의 함유와 향기가 진해 밀원수로 각광받고 있다. 꽃이 두어 달에 걸쳐 오래 피며 아름답기 때문에 관상수로도 많이 심겨지는 나무다.

잎은 가장자리가 밋밋하게 생긴 긴 타원형으로, 좌우가 같지 않게 마주난다. 잎을 데쳐 나물로 섭취하기도 하지만, 충독, 살충, 이뇨, 창종, 늑막염, 타박상에 등에 효과가 있어 가재와 잎을 함께 찧어 타박상 환부에 붙이면 효험을 볼 수 있다. 특히 소가 잎을 좋아하고 자귀잎을 먹은 소는 평생토록 이가 빠지지 않는다고 해서 소쌀밥나무, 소밥나무, 소찰밥나무로 부르기도 한다. 한방에서는 사포닌(Saponin)과 타닌(Tannin) 성분이 함유된 나무껍질을 여름과 가을에 채취하여 건조시켜 폐렴, 가슴두근거림에 사용하면 효과가 있다고 알려져 합환피(合歡皮)라 부르며, 고기를 삶을 때 넣으면 비린내를 잡아준다.

꽃말이 '사랑, 환희, 가슴두근거림'인 이 꽃은 6~7월에 암술 1개, 수술 25개의 꽃이 한데 뭉쳐 포도송이처럼 15~20개의 산형꽃차례로 가지 끝에 달려 핀다. 꽃받침이 불분명하게 5개로 갈라져 받치는 암수 한꽃인 양성화로 분홍 수술이 술처럼 늘어진 우산같이 생겼으며, 약재로는 여름에 꽃을 채취하여 말려서 쓴다.

꽃은 불면증, 건망증, 우울증에 효능이 있다고 알려져 융선화로 부르며, 6월 개화 초기에 채취한 것을 합환화(合歡花), 개화전 봉오리를 채취한 것은 합환미(合歡米)라고 부른다. 뿌리는 원뿌리에 잔뿌리가 일부 붙어 있지만 이식이 어렵고, 뿌리를 달여 물을 마시거나 술로 담궈 먹으면 신경통이나 담에 걸렸을 때 경락 활성에 도움을 주고 우울증 해소에도 좋다.

종자는 털이 없는 씨방에 싸여 있으며, 아미노산과 알바토산을 함유하여 자궁 수축작용에 효험이 있어 한방에선 수궁과(樹宮果), 청당, 오용, 합환(合歡)으로 불린다. 번식은 실생으로 가을에 씨앗을 채취하여 노천에 매장했다가 이듬해 봄에 파종하는데, 종자 채종시기가 늦으면 발아율이 낮아진다.

자귀나무는 농경사회에는 농사일의 절기를 알려주는 기준이 되는 나무였다. 자귀나무의 움이 트면 파종을 하고, 첫 꽃이 필 때에 팥을 심었다. 『동의보감』에서는 "성질은 한열에 치우치지 않고 평하며 맛은 달고 독은 없다. 오장을 편하게 하고 심지를 안정시키며 근심을 없애고 즐겁게 한다"고 소개하고 있다.

현재 천연기념물로 지정이 단독으로 된 자귀나무는 없으나, 천연기념물로 지정된 울산 울주군 목도 상록수림에는 주종이 자귀, 동백, 사철, 후박, 다정큼나무, 송악 등으로 이루어져 있고, 벚나무, 팽나무, 볼레나무, 개산초나무들이 어우러져 숲을 이루며 자라고 있다.

자귀나무의 변종으로는 국내에 목포 유달산과 제주도에 자생하는 특산 식물로 왕자귀나무가 있는데, 내한성이 약하여 난대지역에 분포하며 노랑색에 가까운 흰꽃을 피운다. 이외 종에는 어린가지에 털이 빽빽한 몰리스(Mollis)가 있으며, 키가 5~7미터로 작고 꽃이 항상 분홍색을 띠고 있는 로씨아(Rosea)는 변종이지만 한때 재배종으로 불리기도 한 종류다. 속명 'Albizia'는 18세기 유럽에 처음 자귀나무를 소개한 이탈리아 귀족 'Fllippo del Albizzia'에서 연유되었으며, 종명 율리브리씬(julibrissin)은 페르시아어로 비단꽃(Silk flower)을 의미한다.

완벽한 짝수

이처럼 서양에서도 비단꽃이라 불릴만큼 아름다운 자태로 사랑을 받아온 자귀나무는 동양에서도 애정목(愛情木)의 상징으로 전해지는 다양한 전설과 속설들이 많다.

중국에서는 우고라는 사람이 조 씨 성을 가진 두양이라는 이름의 부인과 혼인하였는데, 조 씨 부인은 단오 때가 되면 자귀나무 꽃을 따서 말렸다가 베개에 넣어 둔 후 남편이 우울해하거나 불쾌해할 때 꺼내어 술에 타서 마시게 하였다. 이를 마신 남편이 기분이 좋아져서 부부 금슬이 좋게 되었다는 이야기가 전해지고 있는데, 이에 따라 꽃을 말려 베개에 넣고 잠자리에 들면 부부 금슬이 좋아진다고 하여 집 울 안에 자귀나무를 심게 되었다고 전해진다.

비슷한 전설이지만 장고라는 노총각이 지나던 길가의 자귀나무 꽃이 만개한 언덕 위에 사는 처녀와 눈이 맞아 혼인을 하였는데 장에 갔다가 술집 과부의 유혹에 빠져 수일을 귀가하지 않았다. 아내는 남편 귀가를 위한 100일 기도의 치성을 올렸는데 산신령이 나타나 친정의 자귀나무 꽃을 꺾어다가 방안에 꽂아두라 했다. 계시대로 이행했더니 집에 들른 남편이 꽂아둔 자귀꽃을 보고 회개하여 행복을 찾았다는 이야기도 있다.

또한 뜰 안에 심으면 미움이 사라지고, 친구에게 노여움을 풀고자 할 때에는 자귀나무 잎을 따서 보내며 화해를 신청했다고도 한다. 우리나라 왕실에서도 궁궐 내에 부부 금슬과 행복, 자손 번창을 기원하는 의미에서 자귀나무를 심었다.

일본에서도 자귀나무로 절구공이를 만들어 부엌에다 두고 사용하면 집안이 화목해진다는 이야기가 있는데, 이런 이야기들의 바탕에는 모두 자귀나무꽃이 예쁘고 꿀이 많고 향이 짙은 것에 덧대어, 짝을 맞춰 짝수로 피는 복엽(複葉)의 잎에서 연유한 것이라 여겨진다.

대부분의 복엽은 아까시나무 잎처럼 마주난 작은 잎들이 둘씩 짝수로 되어 있고 맨 끝의 잎 하나가 홀수로 남지만, 자귀나무 잎은 완벽한 짝수여서 밤이 되어 오므라들어도 홀아비나 과부처럼 홀로 남는 잎이 없다.

부부 금슬을 연상하여 사랑의 나무로 불리게 되었지만, 자귀나무뿐만 아니라 미모사 등의 식물이 자극에 움츠리는 것은 잎자루 아래쪽에 있는 세포에 물이 가득 저장되어 팽창된 압력으로 꼿꼿하게 유지되다가 외부에서 자극이 가해지면 수분의 이동으로 팽압이 낮아지기 때문이다.

자귀나무가 움츠리는 이유에 대한 더 많은 설이 있다. 더위를 좋아하는 나무라서 밤에 체내의 열 확산을 방지하기 위해서라는 설도 있고, 폭풍우 같은 자연 피해를 최소화하기 위해서라는 설, 밤에 날아드는 벌레나 곤충들을 방지하기 위해서라는 등 의견이 분분하다.

잎이 5월 하순경 늦게 피기 때문에 나무가 고사한 줄 알고 베어 버렸다는 웃지 못할 이야기도 있다. 울 안에 심으면 자귀꽃 향기에 취해 집안 여자가 바람난다고 심지를 못하게 했다는 이야기가 전해지는 것을 보면 역설적으로 그만큼 사람들에게 많은 관심과 사랑을 받은 나무라 여겨진다.

가마재 고갯길을 넘나들며 무슨 나무일까 호기심어린 눈길로 바라보던 자귀나무를 다시 만난 곳은 중학교 교정의 비탈진 화단에서였다. 평소에는 키가 큰 아름드리 은백양나무 숲 사이에 끼여 볼 수가 없었는데 여름이 되어 화사한 꽃과 진한 꿀향이 풍기자, "아! 이게 그 나무구나" 하고 쳐다보게 되었다.

둥치에 걸린 수목 안내 팻말을 보니 자귀나무란다. 그동안 궁금해하던 나무 이름을 새로 알게 되어 기분이 우쭐해졌다. 새로운 것을 알아가는 일은 즐겁고 기분 좋은 일이다.

여름이 되면 고향길에서 다시 만날 자귀나무는 나에게 배움이라는 가르침을 준 크나큰 인생의 스승이다. 분홍빛 솜털꽃이 향기를 내뿜는 5월이 기다려지는 이유이다.

22

배롱나무

Lagerstroemia india L.

그 뜨거웠던 여름의 꽃

동해로 떠난 여름휴가

그해 여름은 유난히도 더웠다. 칠월칠석 전날이 아버지 생신이라 여름휴가 일정을 조정해 가족들이 고향에 모였다. 귀가길에 울진 원자력발전소 건설 현장도 들러볼 겸 동해안을 돌아간다고 했더니 누나네 가족도 휴가라 시간이 많다며 따라나섰다.

써금써금한 승용차 포니2의 트렁크엔 엄마가 챙겨준 쌀자루를 포함한 짐들이 구석구석 빈틈없이 채워져 사람이 타기도 전에 뒷바퀴가 쑥 내려앉아 있었다. 실내에는 어른 넷에 아이 넷이 끼여 앉았다. 에어컨도 없는 차라 창문을 열고 달렸다. 훅훅 몰아치는 아스팔트의 열풍을 고스란히 맞으며 사우나 같은 열기를 감내해야 했다.

봉화를 지나칠 무렵 철길 건널목에서 '우선 멈춤' 하지 않고 지나치다 생애 첫 교통위반 딱지를 발부받았다. 더운 열기가 더욱 뜨겁게 달아올랐다. 불영계곡으로 내려설 땐 시원히 쏟아지는 계곡물과 골바람, 송림의 신선한 눈요기가 더해져 라디오 음악에 맞춰 흥얼흥얼 콧노래가 절로 나왔다.

현장을 들렀다가 덕구 온천욕으로 땀을 씻고 하룻밤을 묵었다. 당시만 해도 허름한 가설 건물 같은 온천탕이라 냉수 없이 뜨거운 온천물만 철철 흘러넘쳤다. 종일 뜨거운 열기에 힘들었던 아이들은 시원한 목욕탕을 기대했다가 실망해 소리쳤다.

"아빠! 무슨 목욕탕에 찬물이 안 나와요?"

아이들이 항의의 몸부림을 치며 빨리 나가자고 성화였다. 뜨끈뜨끈한 탕 속에서 느긋이 피로를 풀고자 했던 여유는 사라지고 몸을 채 가누지도 못했다.

이튿날 강릉 쪽으로 달리는 7번국도에서는 동해의 바닷바람을 맞아 한결 기분이 가벼워졌다. 차는 무게를 못 이기고 빌빌댔지만 길가에 펼쳐진 붉은꽃들의 잔치에 넋을 잃었다. 벗겨진 껍질 속의 매끈한 속살이 세상의 번뇌를 벗고 해탈한 나무라고 절에서나 보던 배롱나무가 군락으로 심겨져 있었다. 겉과 속이 같아 선비정신의 상징이었던 배롱나무는 부귀영화를 준다 하여 서원이나 향교, 재실 등에 주로 심었다 한다. 붉고 흰 꽃으로 꽃무덤을 이룬 장관은 환호성을 불러일으키고도 여운이 길게 남았다.

게으름뱅이나무

원산지가 중국 남부인 배롱나무는 우리나라의 6종을 포함해 중국, 일본, 호주 등지에 30여 종이 분포하는 도금양목, 부처꽃과, 배롱나무속의 낙엽 소교목으로 쌍떡잎식물이다. 추위에 약해 중부 이북지방에서는 생육이 곤란하다. 잎이 늦게 핀다고 '게으름뱅이나무'라는 별명을 가졌으며, 전라도에서는 가을걷이가 끝날 때까지 꽃이 핀다고 '쌀나무'라고 부른다.

또 수피가 상처 딱지처럼 떨어지면 속의 새 껍질이 부드럽고 만져보고 싶을 정도로 매끈한 줄기가 여인의 속살을 연상한다고 집 울 안 식재를 꺼리며 희롱나무라고 부르기도 하고, 줄기를 살살 긁으면 나무 전체가 흔들린다고 간지럼나무로 불리는데, 제주도에서도 간지럼을 타는 나무라는 뜻을 가진 '저금타는 낭'이라 부른다.

일본에서는 '사루스베리'라 부르는데 이는 '원숭이도 미끄러져 실수하는 나무'라는 뜻이다. 중국에서는 배롱나무를 자미(紫薇), 꽃을 자미화, 뿌리를 자미근, 잎을 자미엽으로 부르는데, 자미는 북극성을 의미하는 황제를 뜻한다.

강희안의 『양화소록』에 의하면 당현종은 양귀비보다도 배롱나무를 더 사랑했다고 한다. 자신이 근무하는 중서성을 자미성으로 고쳐 불렀을 정도였다. 이 영향을 받은 지명은 국내에도 있다. 광주천의 옛 이름은 자미탄(紫薇灘)인데 이는 '배롱나무 개울'이라는 뜻이다.

이 외에도 양양화, 양양수, 해당수, 만당홍, 만당화, 자형화 또는 양반나무, 간질나무, 간질밥나무, 목백일홍 등 여러 이름으로 불리고 있다. 목백일홍이라고 부르게 된 것은 멕시코 산 외래종 국화과 초화인 백일홍과 구분하기 위해 쓰게 되었다고 하는 설이 유력하다. 배롱나무의 '배롱'은 꽃이 한꺼번에 피는 것이 아니고 여름인 7월부터 가을인 9월경까지 붉거나 희거나 자주색 꽃을 새 가지 끝에 원추꽃차례로 모여 100여 일을 연속해서 피고 지므로 백일홍이라 하는데 백일홍의 소리가 변해서 '배롱'이 되었다고 하며, '홍'의 붉은 꽃은 변하지 않는 마음을 상징한다고 한다.

붉은 배롱나무꽃의 꽃말은 '부귀, 떠나간 벗을 그리워함'이며, 흰꽃의 꽃말은 '수다스러움, 웅변, 꿈, 행복'이다. 꽃잎은 6개로 주름이 잡혀 있고, 수술은 30~40개인데 그 중 가운데 6개는 길이가 길고 암술대는 1개로 길게 꽃잎 밖으로 나와 있다. 열매는 길고 둥글며 털이 있는 넓은 타원형의 삭과로 열매 속에 6~8실로 나뉜 칸 속에 종자가 들어 있으며, 가을인 10월경에 결실하며 씨앗으로 기름을 짜기도 한다.

삽목이나 접목, 실생으로 번식하는 배롱나무는 줄기가 매끄럽고 담갈색을 띠며 어린 가지에 잔털이 있는 양수이다. 공해와 건조에 강하여 배수가 양호하고, 토심이 깊은 곳에서 잘 자라며, 흡비력과 적응력이 뛰어나다. 키가 3~5미터 정도로 자라며, 가지가 구불구불 굽어 자라 모양이 기이하고, 우산 모양의 수형이 아름다워 관상용 조경수로 둥근 화단에 식재하면 좋으며, 분재목으로도 많이 쓰이고 있다.

토질이 자갈과 모래가 섞인 토양에서 자란 나무의 수피가 더욱 아름답다고 하며, 목재는 가구재, 도구재, 조각재, 세공재, 장식품 재료로 주로 사용되며, 맹아력이 강해 전지와 전정이 쉽다. 잎은 달걀을 거꾸로 세운 모양의 타원형으로 마주나기를 하는데, 앞면엔 윤기가 있고 뒷면 잎맥에 잔털이 있으며 가장자리는 밋밋하다.

대체적으로 병충해에 강해 깍지벌레만 구제해 주면 다른 큰 병충해는 잘 입지 않는다. 봄에 적당한 전정으로 새 가지가 왕성하게 발아해 자라나야 꽃이 많이 핀다. 꽃이 지며 떨어지는 모습이 눈꽃이 날리는 것 같다고 비설(飛雪)이라 표현하기도 한다.

꽃은 식용이 가능한 양성화로 차나 튀김, 국으로 끓여 먹기도 하지만, 말려서 가루를 내거나 생꽃을 찧어 상처에 붙이면 지혈이 되고, 종기, 상처 치료에도 효과가 있다. 말린 꽃을 가지와 함께 35~40그램 정도를 다려서 한 번에 복용하면 오줌소태인 방광염에도 효험이 있는데 흰꽃이 피는 나무가 더 효과적이라 알려져 있다. 그리고 뿌리를 진하게 다려서 복용하면 혈액순환이 좋아지고 체온이 따뜻해져 불임증에 좋으며, 여성병인 월경 과다, 산후 출혈, 냉증, 대하에 효험이 높고, 설사, 장염에도 효과가 크다.

무덤에 핀 백일홍

무궁화, 자귀나무와 함께 우리나라 3대 여름꽃을 대표하는 배롱나무는 강릉과 남원시는 시목(市木)으로, 당진고와 울산과학고는 교목(校木)으로 삼고 있다. 수령 800여 년으로 키가 8.3~8.6미터, 흉고 둘레가 3.9~4.1미터나 되는 부산 양정동 천연기념물과 경남도 기념물인 창녕 사리의 배롱나무는 보호수로 지정되어 관리되고 있다.

남부지방에서는 귀신을 쫓는다고 무덤 주변에, 제주도에서는 나무의 껍질이 매끄럽고 회색이어서 살과 뼈로, 붉은꽃은 피로 생각해 죽음을 연상한다고 집 뜰에는 심지 않았다. 묘소 주변이나 사찰에 심기도 하는 만큼 우리의 민족 정서와 생활에 깊이 뿌리내리고 있다. 불법(佛法)에서는 삶과 죽음, 더러움과 깨끗함, 늘어남과 줄어듦이 없는 육불(六不)로 친다.

전설에 의하면 남해안 바닷가의 한 마을에 해룡(海龍)이 파도를 일으켜 배를 침몰시키는 것을 방지하기 위해 해마다 마을에서 처녀를 한 명씩 뽑아 제를 지내며 제물로 바치는 풍습이 있었다. 그 해에도 처녀를 뽑아 제를 지내고 처녀가 바닷가 바위 위에 앉아 해룡을 기다리고 있었는데, 마침 마을을 방문한 왕자가 그 이야기를 듣고 처녀 대신 자신이 처녀로 변장하고 기다리다가 나타난 해룡을 처치했다. 이튿날 왕자는 왜구를 물리치라는 급박한 국가의 부름을 받고 처녀에게 100일 뒤에 돌아오겠다는 약속을 한 뒤 마을을 떠났다.

기다리던 처녀는 병에 걸려 100일이 되기 전에 죽었고, 100일 뒤에 돌아온 왕자는 슬퍼하며 처녀를 양지쪽에 묻어 주었다. 이듬해 처녀의 무덤에 나무 한 그루가 자라나 100일 동안 붉은꽃을 피웠는데, 사람들은 이 나무를 백일홍이라 불렀다는 슬픈 이야기다. 전설과 풍습으로는 아프고 애잔한 슬픈 이야기들이 많이 있지만 여름을 대표하는 배롱나무는 귀한 선비를 닮은 귀족적인 나무로 사람들에게 끊임없이 많은 사랑을 받는 나무다.

울진과 삼척을 잇는 7번국도뿐만 아니라 경주의 가로 화단이나 서출지 등 문화재 주변과 논산의 명재고택, 안동 병산서원, 영산의 대각터, 강릉 오죽헌, 담양 후산리 명옥헌, 고창 선운사, 강진 백련사와 추풍령과 대전을 오가는 4번국도 변의 배롱나무들이 전국적으로 널리 알려져 유명세를 타는 곳들이다.

여름이면 옛 추억을 더듬고자 고향 가는 길에 일부러 4번국도를 탄다. 차창 밖으로 펼쳐지는 붉은 배롱나무 꽃의 향연에 그 뜨거웠던 여름날의 기억이 흩날린다. 힘겹게 달리며 맞이하던 뜨거운 아스팔트 기운을 맛보려고 차창 유리를 활짝 내린다. 멀리 황악산 마루에서 흰 구름이 넘실넘실 바람에 흔들리는 배롱꽃을 따라 춤추며 대간을 넘어 들어온다. 배롱나무는 어딘가 모르게 애잔함이 스며 있는 나무다. 황홀했던 추억 끝에 슴슴해진 마음이 고귀한 자태에 흠집이라도 낼까봐 운전대를 다잡고 다시 자세를 고쳐 앉게 만든다.

인생은
오늘도
나무를
닮아간다

23

고로쇠나무

Acer pictum subsp mono (Maxim) Ohashi

생명수 도둑

죽마고우의 자수

북쪽 비탈 기슭엔 아직 잔설이 남아 있어 덜 녹은 눈인가 했다. 개울 건너다 보이는 밭둑 고로쇠나무 아래에 허연 무언가가 앉아 있다. 자세히 보니 플라스틱 말통이다. 누군가가 수액을 채취하느라 받쳐 둔 통이다.

부모님이 하늘에 계신 뒤부터 고향집을 비워 두고 가끔씩 들르다 보니 밭에 심어둔 오미자를 비롯한 약제는 물론 애써 가꿔 오던 취나물 밭을 비롯한 산약초까지 관리가 안 되었다. 먼저 보는 사람이 임자인 양 야금야금 숫자가 줄어 말은 안 해도 속이 상하던 참이다.

누군지 알면 한소리 해야겠다 생각하고 있는데, 뒷집에 사는 죽마고우가 내가 온 것을 눈치채고 뒤가 캥겼는지 큰 패트병 수액 두 병을 들고 찾아왔다.

　"미리 말 안 하고 뽑아서 미안쿠마. 이왕 설치했으니 올 한 해 물은 내가 받아 묵을께. 며칠 전부터 뽑았는데 몇 병 받아 묵었고, 이거 먹다 두 병 남은 건데 마시라고 들고 왔네."

　광명 찾자고 자수했으니 뭐라 할 수도 없어 그러라고 했다. 아버지가 계실 때는 해마다 너덧 말씩은 채취해 된장도 담그고, 끄윽끄윽 트림을 해가며 식구끼리 나눠 마셔도 다 마시지 못했다. 봄의 전령사인 고로쇠나무는 보통 습하고 그늘진 계곡 주위에 군락을 이루고 자라는데 성장이 더딘 나무다. 자생으로 산지 숲속에 분포하여 자라는 게 일반적이지만 이 나무는 아버지가 묘목을 사다가 심은 것 중 하나다.

　고로쇠나무는 키가 20미터 정도까지 자라며 무환자나무목, 무환자나무과, 단풍나무속에 속한다. 가을에 갈색이나 노랗게 단풍이 드는 낙엽활엽교목으로, 5~6월에 새로 나온 가지 끝에 노란빛이 도는 꽃이 피는데 수술만 있는 수꽃과 암수 한 몸인 양성화가 섞여서 핀다.

　열매는 씨앗 주변에 날개가 달린 시과(翅果)이고, 예각(銳角)으로 갈라지며 터진다. 잎은 서로 마주보고 나며, 크고 얕게 갈라져 모양이

손바닥처럼 생겨 오각형에 가깝고, 잎조각은 삼각형으로 생기고 가장자리에 톱니가 없다.

우리나라에선 충북을 제외한 전국 산지에 분포하며, 비슷한 나무로는 털고로쇠, 산고로쇠, 왕고로쇠, 붉은고로쇠나무가 있다. 일명 고로실나무, 오각풍(五角楓)이라고도 하며, 뼈에 좋은 나무라고 골리수(骨利樹)라 불리기도 한다.

도선국사를 일으킨 수액

도선국사가 좌선을 하고 일어나는데 무릎이 펴지지 않아 옆에 있던 나뭇가지를 잡고 일어서다가 가지가 부러지며 넘어졌는데 부러진 가지에서 물이 흐르기에 받아 마셨더니 무릎이 펴지고 원기가 회복되어 '골리수'로 부르기 시작했다는 이야기도 있다.

나무껍질에 구멍을 뚫어 상처를 내고 호스를 꽂아 이른 봄 경칩을 전후해 채취하는 수액은 주로 음료와 시럽으로 먹는다. 근래에는 수액 채취를 위하여 인공 수림을 조성하기도 하는데 목재는 목질이 곱고 결이 촘촘해 가구재, 장식용재로 쓰인다.

단맛이 나는 수액은 물 97%에 미네랄 등 유효성분 3%로 구성되어 있다. 염산이온, 마그네슘, 칼슘, 황산이온, 칼륨 등의 성분이 일반 물보다 40% 이상 많이 함유되어 있고, 망간, 철분, 과당, 비타민 등의 무기물질이 풍부해 인체에 흡수가 빠르다.

특히 미네랄 성분이 많아 면역력을 증진시키고 산후통, 신경통, 고혈압, 변비, 위장병에 좋다. 이뇨작용, 피부미용, 숙취 해소, 간 기능 개선, 노폐물 배출, 부종 예방, 염증 완화, 골다공증 예방 효과가 있는 것으로 알려져 있다. 『본초도감』에도 혈액순환과 관절통, 타박상, 골절상에 효능이 있다고 소개되어 있다. 하지만 과다 섭취시엔 당뇨, 심장병, 비만의 발병 원인이 되기도 한다고 하니 적당히 마시는 것이 좋겠다.

직접 수액을 마시는 것도 좋겠지만 변질이 쉬워 냉장 보관해야 하고 장기 보관이 어렵기 때문에 간장, 고추장을 담그는 물이나 밥 지을 때, 커피 등 차를 끓이는 물로 이용하는 것도 좋은 방법이다. 수액을 상온에 두면 단맛이 강해지고, 함유된 당분에 의한 식물성 섬유질과 부유물이 생성되므로 주의해야 한다.

수액 채취가 가능한 나무는 고로쇠나무 외에도 곡우 절기 때를 전후해 채취하는 거제수나무를 비롯해 밤낮 기온이 섭씨 15도 이상 차이 나는 최저 기온 영하 3~4도, 최고 기온 영상 10~15도 전후인 경칩을 앞뒤로 채취하는 자작, 단풍, 층층, 박달, 호깨나무, 피나무, 대나무와 덩굴식물인 머루, 다래 등 다양하다.

수액은 과학적으로 밤에 기온이 내려가면 나무가 수축작용으로 땅속의 수분을 흡수하여 저장했다가 낮에 기온이 올라가면 줄기 껍질 속 수분이 팽창하는 압력으로 수액이 분출되는 것으로 알려져 있다. 세계에서 수액 최대 생산국은 캐나다이며, 대개 설탕단풍나무에서 수액을 채취하여 시럽으로 가공한 후 설탕 대용으로 사용하고 있다.

미끄러진 욕심

달달한 고로쇠 물맛으로 입가심을 하기도 전인 저녁나절에 진눈깨비를 맞으며 친구는 10리터 반 말짜리 물통을 가득 채워 한 통을 더 들고 왔다. 새로 받아서 천천히 나누어 마시면 좋겠는데, 아무래도 내일 떠날 것 같아 먼저 받은 물이니 먹으라고, 자기는 다시 받는 물을 먹으면 된다며 통을 건넸다. 고맙다며 받긴 했지만 다음부터는 미리 전화라도 했으면 좋겠다고 하니 더욱 미안해하며 알겠단다.

달콤한 물을 한 잔 들이키며 고로쇠나무를 생각했다. 자신의 성장과 존속 번식을 위해 얼음이 채 녹기도 전부터 부지런을 떨어 생명수를 빨아 밀어올리는데 알량한 인간의 욕심이 중간에서 빨대를 꽂아 생명수를 강탈하다니. 쟁취하는 인간이야 자신을 위하는 일이라 여길 터이나 내어주는 나무는 죽음을 무릅쓰고 몸부림칠지도 모른다.

생명을 잃을 정도로 문제가 생기지는 않겠지만 성장에는 적더라도 영향을 주는 것은 확실할 터이다. 아낌없이 생명수를 내어주는 나무의 고마움에 숙연한 마음이 겹쳐져 남의 밭둑에 심겨진 나무에 빨대를 꽂은 죽마고우의 마음이 오버랩 된다.

견물생심이라고 먼 산도 아니고 바로 동네 코앞에 서 있는 나무이고, 높은 산에 일부러 올라야 하는 일 없이 큰 힘 들이지 않고도 수액을 얻을 수 있으니 누구나 마음이 동하는 건 어쩔 수 없으리라.

어려서부터 "남의 물건 탐하지 말라", "바늘 도둑이 소 도둑된다"는 말을 귀에 못이 박히도록 듣고 배우며 자랐지만 교육만으로 물욕을 다스리기에는 역부족인가 싶다. 매년 이맘 때쯤이면 집 앞 밭둑에 선 아름드리 고로쇠나무는 주인, 손님 상관없이 자신을 내맡긴다. 그저 누가 누구인지, 자신의 목숨이 위태로운지도 모르고 자신을 내어준다. 사람들은 자기만 생각하고 나무를 어여삐 여기고 아끼는 마음이 없다. 해마다 둥치에 구멍이 뚫리고 언 땅에서 힘들게 빨아올리는 수액을 강탈당하고 그 구멍을 치유하느라 또 다른 노력을 기울여야 하는 고로쇠나무의 헌신과 희생이 아름답다.

이런저런 생각으로 뒤척인 밤사이 하늘은 진눈깨비를 내렸고 새벽엔 눈가루를 살짝 뿌렸다. 아침 세상이 온통 새하얗게 변했다. 밤새 기온이 뚝 떨어져 진눈깨비가 얼어붙은 응달엔 눈이 내려앉았다. 밤새 내린 눈에 건너 밭둑의 흰통이 묻혀 보이지 않았다.

밤 사이에 얼마나 받아졌을려나 궁금해하는 찰나, 친구가 나타났다. 물통을 들여다보기에 큰소리로 물었다.

"많이 받혔냐?"

"날이 추워 물이 거의 안 나왔구마. 한 병도 채 안 되겠네. 날이 좀 풀려야 더 마이 바칠낀데."

말을 하며 일어서던 친구가 쭈르륵 미끄럼을 탄다. 아니 미끄러졌다. 언덕 아래까지 손을 짚은 채 네 발로 엉거주춤 미끄러져 내리다가 끝내 바닥에 넘어져 나뒹굴었다.

"어어! 괜찮냐?"

"으이! 쓰벌!"

친구는 진눈깨비가 얼어붙고 눈이 살짝 덮인 비탈을 잘못 디뎌 장갑을 끼지 않은 손이 미끄러지며 만신창이가 되었다. 보잘것없는 욕심에 벌을 받은 걸까? 사람의 마음은 참으로 알 수 없다. 다치지나 않았을까 하는 걱정보다 먼저 고소하다는 생각이 들었다. 나도 참 소갈머리가 좁은 놈이구나 싶었다.

횡하니 부는 바람에 가지 위에 앉았던 눈가루가 짙은 안개처럼 흩날려 미끄러진 자욱 위에 내려앉아 흔적을 지운다. 아무 일 없었다는 듯 고로쇠나무는 꿋꿋이 서 있다. 사람의 일은 사람끼리 알아서 처리하라며…….

인생은
오늘도
나무를
닮아간다

24

자두나무

Prunus salicina Lindl

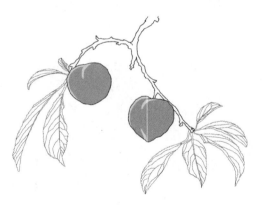

쓰레기 전쟁

가슴 설레는 자두꽃

경남 합천 해인사 앞산인 남산제일봉에 봄맞이 산행 중 가야면 매안리에 300년생 자두나무가 있다는 말을 듣고 들렀다. 해질녘 하얀 꽃나무 아래에 서니 황홀한 자태에 산행으로 인한 피로가 날아가고 마음이 풍요로워졌다. 동네에서 꽃이 피는 모습을 보고 그해 농사의 풍년을 점치는 나무라고 신목(神木)으로 대접받는 나무였다.

"복사꽃과 오얏*꽃은 말이 없어도 저절로 그 아래 길이 생긴다"는

---

* 자두의 옛말

속담처럼 자두나무꽃 아래 들어서면 신경이 무딘 사람도 가슴이 울렁거린다. 특히 커다란 둥근 보름달빛에 비치는 하얀 자두꽃은 보는 것만으로도 마음이 푸근해지고 설렌다.

내친김에 돌아와 묘목을 사다 집 담장 옆에 심었다. 내한성과 내서성, 내병충해성에 강하고, 내건성과 내염성에 약하며, 물빠짐이 좋은 보습성 있는 비옥한 토심을 가진 땅에서 적응성이 뛰어나 잘 자란다기에 큰 걱정이 없었다. 하지만 과수종이라 꽃이나 어린 가지, 열매에 많이 발생한다는 잿빛곰팡이병, 잿빛썩음병, 잿빛무늬병과 심식나방류, 진딧물은 초기방제가 필요하고, 발견 즉시 제거해야 한다. 관련 책을 보니까 통기가 잘 이루어지게 웃자라는 가지의 발생을 최대한 줄여야 하는 재배 난이도가 높은 과수종이라고 소개되어 있어서 살짝 걱정이 되기도 했다. 그렇지만 열매 수확을 위해 심은 게 아니고 이른 봄에 꽃이나 보자고 한 것이니 잘 자라 주기만 바랄 뿐 크게 개의치 않았다.

고종 황제 황실의 문양

자두나무는 장미목, 장미과, 벚나무속 쌍떡잎 식물로 키가 10미터 정도로 자라는 낙엽활엽소교목으로 주로 과수, 조경수로 쓰인다. '자도(紫挑)', '오얏나무(李樹)', '이자수(李紫樹)', '풍개나무'로 불리기도 하는 자두나무는 중국이 원산지로 전 세계 30여 종 중 18종 정도가 주로 재배되고 있으며, 유럽, 아시아, 북아메리카에 대부분 분포하고 있다. 국내에는 1920년 구한말 이후 도입되었고, 1950년대 들어 미국을 통해 일본산 산타로사, 웍슨, 포모사, 뷰티 등의 품종이 들어와 주로 중부 지역에서 재배되고 있다. 자두 축제를 개최하고 있는 경북 김천이 국내의 주산지이고, 주요 생산국으로는 중국, 루마니아, 세르비아, 미국, 이란, 터키 등이 있다.

중국에서는 5대 과일에 속해 대추, 감, 배, 밤과 더불어 황제에 진상하는 품목으로 『예기』에 소개되어 있는 귀하지만 흔한 과일이다. 자두 열매는 난상 원형 또는 구형으로 표면에 흰색 가루가 덮여 있으며, 씨는 달걀 모양의 타원형으로 양끝이 약간 좁고 길게 생겼다. 7월에 자색 또는 자적색으로 결실하는 열매는 한쪽에 홈이 있으며 과육은 연한 황색이지만, 열매 표면이 붉어 '붉은 오얏(紫李)'이란 뜻의 '자리(紫李)'라 불리다가 '붉은 복숭아(紫挑)'인 '자도(紫挑)'에서 '자두'로 변화되었다고 한다. 유사종으로 매실, 살구, 복숭아, 개살구 등이 있다.

'열녀목'이라는 품종은 가지가 하늘을 향해서 자라 나무 모양이 특이하지만 열매가 달리지 않으며, 자엽꽃자두나무는 잎이 필 때부터 자색 단풍 색상을 하고 있어 조경수로 많이 심겨지고 있다.

꽃은 4월에 잎보다 먼저 흰꽃이 3개씩 뭉쳐 피는데, 꽃잎은 5개, 꿀샘은 2~5개고, 꽃받침에는 작은 톱니가 있다. 꽃말은 '순박, 순백'이다. 대한제국 고종 황제는 성씨가 '이(李)'씨로 자두꽃을 황실 문양으로 사용했다. 창덕궁 인정전 용마루에는 청동으로 만든 자두꽃 5개가 새겨져 박혀 있기도 하다. 이것이 배꽃 이화(梨花)라고 알려져 있는데 이는 오얏꽃 이화(李花)가 잘못 알려진 것이다.

잎은 달걀 모양의 타원형으로 양끝이 뾰족하게 생겼으며, 가장자리에 자잘한 톱니가 있다. 작은 가지는 적갈색을 띠고 털이 없어 광택이 있고, 나무의 껍질은 흑갈색이다. 번식은 실생, 또는 대목(臺木)으로 벚나무와 복숭아나무를 사용하여 눈접, 깎기눈접, 깎기접으로 접목한다.

열매, 뿌리, 뿌리 껍질, 목재, 잎, 씨앗이 모두 약용으로 쓰이며, 열매는 직접 먹기도 하지만 과일주, 잼, 파이, 젤리 등을 만들기도 한다. 효능은 간을 맑게 하고 열을 내리며, 복수, 이질, 치통 등에 좋고, 특히 씨앗에는 소갈, 이질, 수종, 이뇨제에 좋은 성분을 가지고 있다.

자두나무의 전설

자두나무는 정월초하루나 보름날에 가지 사이에 돌을 끼우거나, 섣달에 장대로 가지를 때리면 결실이 좋아진다는 기록이 『동국세시기』의 「오얏나무 시집 보내기」에 소개되어 있고, 유종본의 『종과소(種果疏)』, 진호의 『화력신재』, 서광계의 『농정전서』에도 관련 내용이 실려 있다. 중국 갈홍의 『신선전』에는 '노자가 오얏나무 아래에서 탄생했다'는 전설도 나온다.

우리나라 도봉구 번동(樊洞)의 지명 유래에도 자두나무와 관련된 이야기가 전해 온다. 신라 말 도선국사가 "고려 왕(王)씨에 이어 이(李)씨가 한양에 도읍한다"고 예언했으며, 고려 말 『운관비기(雲觀祕記)』에 '이왕도한양(李王都漢陽)'이라는 말이 퍼졌다. 놀란 충숙왕이 한양에 남경부를 설치하였고, 이씨 성을 가진 사람을 부윤으로 삼았다. 삼각산 아래에 오얏나무가 무성해지면 불길하게 여겨, 지기(地氣)를 누르기 위해 벌리사(伐李土)를 보내 오얏나무를 베어 냈다고 벌리(伐李)라 부르던 것이 번리(樊里)에서 번동으로 변했다는 이야기다.

이처럼 자두나무는 우리 삶 가까이에서 생사고락을 같이 하면서 사랑을 받기도 하고 박해를 받기도 한 나무이다.

허물 벗어 던지기

이웃집들이 들어서며 마당에는 점차 햇볕이 드는 시간이 적어졌고, 자두나무는 훌쩍 키를 키워 햇살을 맞았다. 지금은 그 키가 3층 지붕을 넘어 가지를 드리웠다. 빛을 향해 하늘 높은 줄 모르고 위로만 솟구쳐 자란 결과다. 꽃이 피거나 열매가 달려도 고개를 쳐들고 한참을 올려다봐야 꽃이 피었는지 결실이 달렸는지 알 수 있지만, 벌이 앵앵 날고 마당에 떨어져 뒹구는 자두가 눈에 띄면 계절이 농익고 있음을 실감하고 느낀다.

비록 봄이면 휘영청한 달빛이 아닌 가로등 불빛에 꽃이 새하얀 자태를 뽐내지만, 그 우아하고 품위 있는 자태는 달빛을 받을 때처럼 마음을 포근하게 한다. 빨갛게 익어가는 과실이 자리할 때면 잎새에 숨어 5월의 막바지로 치닫는 계절과 숨바꼭질을 한다.

속담에 전해오는 "오얏나무 아래서는 갓 끈도 고쳐 매지 말라"는 말은 '남에게 의심받지 않도록 평소에 행동을 조심하라'는 경고이다. 이웃과 수십 년을 한 골목에서 어깨를 맞대고 살아도 얼굴을 자둣빛으로 붉힐 일이 없었다. 달콤한 과즙처럼 달달하게 골목회라는 모임도 만들고, 서로 호형호제하며 돈독한 정을 나누었다.

마을의 평화에 금이 가기 시작한 것은 옆집 할아버지가 이사를 온 뒤부터였다. 할아버지는 청소한 잔물을 가끔씩 우리 집 주차장 옆 길가 화단에 버렸다. 잔물을 버리더라도 낙엽이 아닌 벽돌이나 콘크리트 잔재와 비닐이나 종이, 담배꽁초 등은 가려서 버리면 좋겠다고 정중하게 말했는데도 버릇이 고쳐지지 않았다. 말을 하면 오히려 당신이 그러는 걸 봤느냐는 투다. 직접 보진 못했으나 쓰레기만 봐도 누구 집 쓰레기인지 다 알 수 있는 것 아니냐고 했더니 생사람 잡는단다.

그러던 차에 앞집에도 새로운 주인이 들어왔다. 하루는 새벽부터 동네가 시끌시끌 난리가 났다. 할아버지가 쓰레기를 몰래 앞집에 버리다가 걸려서 싸움이 난 것이다.

나는 쓰레기봉투값 몇 푼 아끼려는 할아버지와 싸우기 싫어서 쓰레기봉투를 한 묶음 마련해 할아버지 집 앞에 있는 홍매화 가지에 매달아 놓았다. 앞집은 현관 위쪽에 CCTV를 달았다. 그런데도 가끔씩 우리 집 길가 화단엔 이물질 섞인 쓰레기가 쌓였고, 때때로 앞집과 옆집의 언쟁 소리가 새벽을 열었다. 쓰레기봉투를 가지에 매달아 두었는데도 그 버릇이 계속된 걸로 봐서는 경제적인 문제가 아니라 인성의 문제라는 생각이 들었다.

"뱀은 허물을 벗지 못하면 죽는다"는 말처럼 사람도 자신의 허물을 깨우치고 벗어 던져야 새사람이 된다. "세 살 버릇 여든까지 간다"고 한 번 잘못 길든 버릇을 고치기란 여간 어려운 게 아니다. 하지만 다시 태어난다는 심정으로 자신을 다독이고 채찍질할 때 자아가 깨어난다. 그래야 나보다 남이 먼저 보이고 배려심과 희생이 싹트게 된다.

석 달 전 옆집 할아버지는 이사를 갔고, 동네가 다시 조용해졌다. 담벽에 기대 선 키 큰 자두나무는 누가 그랬는지 알 터이지만 그제나 지금이나 꽃말처럼 순박하게 아무런 말이 없다. 가로등 불빛에 눈을 부릅뜨고 지붕 위를 내려다보고 있을 뿐이다.

휴지는 휴지통에, 쓰레기는 쓰레기 봉투에! 요즘 앞집 CCTV는 고개를 떨군 채 한가하게 졸고 있다. 봐야 할 대상도 살펴야 할 문제도 없기 때문이다. 사람들 세상이 조용하니 기계조차 한시름 잊고 산다.

인생은
오늘도
나무를
닮아간다

25

쥐똥나무

Ligustrun obtusifolium S. er Z.

나무 납품업자의 속임수

가장 저렴한 나무

"이거 잘못 반입된 것 아닙니까? 광나무가 아니고 쥐똥나문데?"

"아! 그거 낙엽광나무예요."

"낙엽광나무? 쥐똥나무가 아니고요? 설계에는 그냥 광나무로 되어 있는데?"

"……."

부산의 모처에서 공사를 하고 있었는데 나무를 납품하는 사람이 내가 서울에서 내려온 어린 신출내기라고 비싼 상록수인 광나무로 계약해 놓고 싸디싼 쥐똥나무를 반입했다. 얼렁뚱땅 넘어가려고 낙엽광나무라 둘러대긴 했지만 따지고 들자 금세 풀이 죽었다.

"일단, 저거는 죽지 않게 한쪽에다 가식해 두시고 나머지 나무들은 심도록 하세요."

점심때가 되자 밥을 먹자고 하길래 일은 풀어야겠기에 식사를 하며 한 마디 했다. 금액이 적은 것도 아니고 단가가 스무 배 이상이나 차이가 나는데 미리 이야기라도 하고 들여와야지 이러면 서로 신뢰가 깨지는 것 아닌가, 돈 문제가 아니라 속이려고 하는 게 더 나쁜 거 아니냐고. 변명은 광나무를 구하지 못해 그랬단다. 일단 반입한 것이니 심되, 설계를 변경해 주겠다며 마무리지었다. 식재지가 외곽 구석진 곳의 옹벽 위 울타리 수벽용으로, 광나무든 쥐똥나무든 기능면이나 미관상으로도 눈길이 가지 않는 지역이라 크게 문제가 되지 않을 거란 판단에서였다.

쥐똥처럼 생긴 열매

광나무도 단광나무, 약초광나무와 더불어 쥐똥나무의 유사종인데 상록수이면서 쥐똥나무처럼 봄이 아닌 여름에 꽃이 핀다는 점이 가장

큰 차이라 할 수 있다. 별명이 쥐똥감탕나무인 상록관목의 꽝나무와 달리 쥐똥나무는 낙엽 관목으로 키가 2~4미터, 수관폭 3미터 정도로 자란다.

꽃말이 '강인한 마음'인 쥐똥나무는 5~6월에 흰색의 꽃이 암수 한 그루로 새로 나온 가지 끝에서 잎이 나온 뒤 개화하며, 꽃부리가 통으로 깔때기 모양의 총상꽃차례나 겹총상꽃차례로 암술 1개와 수술 2개로 진한 향기를 내뿜으며 피어난다.

쥐똥나무는 꿀풀목, 물푸레나무과, 쥐똥나무속에 속한다. 주로 황해도 이남의 한국, 일본, 중국, 대만의 들이나 산기슭에 자생으로 분포하여 자라는데 원산지는 한국과 일본이다. 북한에서는 검정알나무, 제주도에서는 개꽝낭 또는 섬피낭으로 불리는 나무다. 가로수, 관상용, 약용으로 주로 쓰이지만, 공해에 강하고 내한성이 좋으며 맹아력과 수형 조절이 가능해 생울타리의 대표 수종으로 식재되고 있다. 선조들은 꽹과리를 치는 채를 만들 때 대나무 뿌리와 쥐똥나무를 주로 썼다고 한다.

형상이나 모양, 잎의 색상과 지역에 따라 잎 앞면과 잎맥에 털이 있는 털쥐똥나무, 잎이 넓고 달걀 모양으로 끝이 뾰족하고 울릉도에서만 자라는 섬쥐똥나무, 꽃잎이 갈라진 조각 높이와 같은 왕쥐똥나무,

잎이 버들잎을 닮고 진주와 제주도에서 자라는 버들쥐똥나무, 잎과 꽃이 작고 제주도와 남해안에 서식하는 좀쥐똥나무, 원예종으로 개발된 삼색쥐똥, 황금쥐똥, 금테쥐똥나무 외에 상동잎쥐똥나무, 청쥐똥나무, 얼룩쥐똥나무 등 종류가 많으며, 백당나무, 싸리버들, 귀똥나무로 부르기도 한다. 쥐똥나무는 정력을 좋게 하는 나무라고 남정목(男貞木), 광나무는 여성을 정숙하게 하는 나무라고 여정목(女貞木)라고 불렀다.

번식은 실생과 삽목으로 하는데, 잎은 마주나기로 긴 타원 모양으로 끝이 약간 둥글다. 가장자리에 톱니와 앞면에 윤기가 없고, 잎맥 위에는 털이 있다.

나무껍질은 회백색으로 껍질눈이 있고, 어린 가지는 가늘고 짧은 털이 빽빽하게 난다. 나무껍질에는 쥐똥나무밀깍지벌레가 기생하여 유충이 하얀 분비물을 뿜어내는데, 이를 쥐똥나무밀이라 하고, 가구 광택제나 피부보호제로 쓰이며, 여기에서 백랍목(白蠟木)이라는 별칭을 얻었다.

초록색으로 달린 6~7밀리미터 정도 크기의 열매는 9~10월에 까맣게 익는 핵과(核果)로 장과(漿果)인데, 그 모양이 쥐똥같이 생겼다고 쥐똥나무라 부르게 되었다.

쥐로 환생한 가난한 중생

전설에 의하면 첩첩산골 깊은 산중에 초근목피로 연명하는 가난한 사람이 있었다. 하루는 마을에 내려와 부잣집 앞을 지나가게 되었는데, 담너머 보이는 고깃국에 흰 쌀밥을 보고 침만 삼키다가 돌아가서 평생토록 쌀 한 톨 먹어보지 못하고 "쌀밥! 쌀밥"만 소원하며 외치다 죽었단다. 주변에서 다음 생에는 배곯지 않는 중생으로 태어나기를 간절하게 기도했으나 보람도 없이 쥐로 환생하게 되었는데, 이집 저집 드나들며 쌀을 훔쳐 먹고 살다가 쌀 주인에게 발각되어 잡혀 죽었다고 한다. 쥐가 죽고 나서 가만히 생각해 보니 죽기 전에 일은 안 하고 남의 쌀만 훔쳐 먹고 살았기에 속죄하는 마음으로 쌀을 먹고 싸 놓은 까만 똥을 들고 사람들이 사는 울타리를 지키면서 참회했다. 그 울타리 나무에서 쌀 같은 하얀 꽃이 피고 쥐똥 같은 까만 열매가 맺게 되어 '쥐똥나무'가 탄생하게 되었다는 이야기다.

그 후 그 열매는 쥐가 주로 밤에 움직이고 다니기 때문에 자시(子時)인 밤 11:30~01:30 사이에 채취한 것이 가장 약효가 좋다고 알려지게 되었으며, 강장보호와 열을 다스리는 데 효능이 있다.

생약명(生藥名)은 '수랍과(水蠟果)'인데, '이보틴(Ibotin)', '세로틱산

〈Cerotic acid〉'과 여성의 성감(性感)을 높이는 '시링긴'과 남성의 정력을 높이는 '만니톤'을 함유하고 있어, 신기허약, 유정증, 출혈, 만성피로, 요통, 어지럼증, 고혈압, 이명증, 각기, 비눅혈, 구강염, 토혈, 취한, 당뇨, 암 등의 치료에 효과가 있으며, 위와 간을 튼튼하게 하고 허약한 체질을 개선한다고 알려져 있다.

껍질과 뿌리는 봄에 채취하여 그늘에 말려서 탕(湯), 술(酒), 차(茶)로 만들어 복용하고, 열매는 햇볕에 말려서 사용한다. 맛이 달고 독성이 없으며, 중국의 『본초도록』에는 강장제인 요동수랍수(遼東水蠟樹)로 소개된 약제로 이름에 비해 쓰임새가 많은 나무다.

좋은 것은 결국 드러난다

비록 세상에서 하고 많은 이름 중에 보잘것없는 쥐똥나무라는 이름을 얻고, 그루당 가격도 가장 저렴하다고 할 수 있는 나무지만 도로변에 심겨 도시의 안전과 미관에 기여한다. 강인한 적응력과 생명력으로 재미난 이야기거리를 안고 부담없이 심을 수 있는 조경용 수목으로 자리매김하고 있는 나무다.

속담에 살아가면서 "나무만 보고 숲을 판단하면 큰 오산"이며, "껍데기만 보고 속을 놓치는 우를 범해서는 안 된다"고 했다. 이 쥐똥나무가 딱 이런 속담에 어울리는 나무가 아닐는지.

생각을 바꾸면 세상이 달라 보이고, 세상이 달라 보이면 내가 변하고, 내가 변하면 내 주변 세상이 따라서 바뀐다. 좋은 것은 굳이 내세우지 않아도 세상에 드러나게 마련이다. 제대로 된 아름다움은 애써 눈과 귀를 부르지 않아도 이목이 집중된다. 아름다운 사람은 귀한 보석으로 몸을 치장하고 비단으로 만든 비싼 옷을 감싸 입지 않아도 눈부시게 빛이 난다.

보잘것없는 것이 쓰일 데가 많은 법이고, 작은 불씨가 태산을 태우는 법이다. 쥐똥나무가 우리에게 주는 커다란 깨우침은 은은한 보름달빛이 사람을 동산으로 모으듯 소리 없이 가슴속을 파고든다. 공사를 마치고 돌아온 내게 사장이 묻는다.

"아니? 우째가 실행율이 이렇게 좋아졌어요?"

"광나무잎이 떨어지면서 광을 내줬습니다."

영문도 모른 채 쥐똥나무는 아직도 아무 말 없이 구석진 옹벽 위에 서서 어깨 위쪽 머리를 잘라내고 몸을 낮추고 숨죽이며 서 있다. 어서 빨리 봄이 오라고.

26

아까시나무

Robinia pseudoacacia L

찬란한 불꽃 되어

군불에 흘린 눈물

탁! 탁! 타닥!

대나무를 잘라 쪼개어 불쏘시개로 생목 아카시아에 불을 붙여 군불을 땐다. 외숙댁 뒷 언덕 비탈에 왕성한 줄기로 뿌리를 뻗어 1년 새두 키를 훌쩍 넘겨 자란 줄기를 잘라다 겨우내 군불을 지피고 나면, 쇠스랑 엎어 놓은 듯 삐죽 잘린 줄기를 곤추세우고 스산한 모습을 드러낸 아카시아 근원 둥치가 봄이면 위협적으로 느껴져 작은 공포감이 인다.

군불을 지필 때마다 두툼하고 억센 가죽으로 만든 가시 전용 장갑을 끼고 조심하지만 바느질한 실밥 사이로 뚫고 들어와 찌르고 상처를 입혀 손잔등과 손가락은 곳곳에 겨우 내내 상처를 안고 지냈다.

생목을 베어다 지피는 아궁이불이라 활활 타도록 불을 붙이는데 곤란하기가 이를 데 없었다. 그러다가 옆집 대밭에서 대나무를 잘라다가 쪼개어 먼저 대나무에 불을 붙이고 아카시아 화목에 불이 옮겨 타도록 하는 방법을 터득했다. 처음이 힘들지 한 번 불이 붙고 나면 왕성한 화력으로 타오르는 불길이 빨간 혀를 날름거리며 고래를 향해 질주한다. 타오르는 불꽃을 보고 있노라면 불 피우며 마신 매운 연기와 후후 불며 불어 터진 볼따구니 근육의 욱신거림에 더해 흘린 눈물 범벅도 환희로 다가온다.

비로소 정신이 들면 대밭에서 주운 날계란을 구멍 내 목젖이 늘어져라 고개를 젖혀 쪽쪽 빨아 마신 뒤 빈 달걀 껍질에 쌀을 앉히고 살포시 숯불에 얹어 만든 고소한 간식으로 군불에 흘린 눈물을 보상받는다.

아까시나무에 대한 오해

키가 15~25미터, 줄기 단면 직경이 80cm 정도로 자라는 콩목, 콩과, 아까시나무속, 낙엽활엽교목에 속하는 아까시나무는 미국 남동부가 원산지로 북아메리카, 유럽, 아시아의 온화한 지역에 분포하고 있다. 특히 우리나라에서는 아카시아나무와 혼동되어 알려져 있기도 한데, 아카시아(Acacia)는 미모사과 상록수로, 동남아시아와 오스트레일리아, 아프리카가 원산지이며 아까시나무와는 완전히 다른 군에 속하는 나무다. 영어권 나라와 일본 등 외국에서는 아까시나무를 '가짜 아카시아'로 부르기도 하며, 한국에서는 많은 사람들이 그냥 '아카시아'로 부르고 있다.

아까시나무는 잘못 널리 알려진 '아카시아나무'라는 말에 '가시'가 많다는 특성을 살려 두 단어를 합치고 변형시켜 새로 지은 이름이다. 하지만 국어사전에는 두 단어가 혼용되어 올려져 있어 일반인들이 더욱 헷갈리게 인식하게 되었고, 북한에서도 '아카시아'가 문화어로 정착되어 있다.

국내 최고의 아까시나무는 경북 성주군 월항면 지방리에서 1890년 경 심겨졌다고 추정되어 자라고 있는 두 그루이다. 키가 무려 27미터에, 줄기 직경이 160cm 가량이다. 기록으로 보면 미국으로 이주한 영국인 정착민들이 아까시나무의 특징을 알고 목재로 쓰기 시작했으며, 유럽에는 17세기에 도입되었다. 우리나라에는 1891년 일본인이 도입했다. 번식이 왕성하고 속성수인 아까시나무는 내한성, 내염성, 내공해성이 강해 화목용으로 적당하다고 판단하여 연료림을 목적으로 중국 상하이에서 묘목을 가져와 심었다. 그 후 1900년대에 용산구 육군본부 자리와 경인선 철로변 사면에 초대 조선총독이 독일총영사의 추천에 따라 심었다고 알려져 있고, 광릉수목원 내에도 현재 100여 년생 133그루가 자라고 있다.

아까시나무는 베어내도 끈질기게 살아남는 생명력을 보이고, 밑동에서 왕성한 뿌리줄기 성장과 맹아력을 발휘하기 때문에 산지에는 식재하지 말아야 함에도 불구하고 조선총독부가 이를 어겨 전국에 급속히 확산시켰다. 일본인들이 한국의 산을 망가트리기 위해 일부러 의도적으로 식재했다는 의구심을 불러일으키게 한 것이 부정적 인식이 확산된 또 하나의 이유이다.

아까시나무는 성장 속도가 빠르고 햇빛을 좋아하는 양수로서, 햇빛을 잘 받는 묘지를 향해 확장 침투하는 특성이 있다. 이러한 특성을 이해하지 못하고, 나무를 제거하기 어려워 풍수지리상 산소 침입종이라는 부정적 인식이 있다. 원산지인 미국에서도 유해 수종으로 취급 당하기도 한다.

"아! 까시나무!"라는 이름을 이용한 농담으로 웃음을 주기도 하는 아까시나무는 중국에서는 '가시를 가진 회화나무'라는 뜻에서 자괴(刺槐), 혹은 '서양에서 도입된 회화나무'라고 양괴(洋槐), 꽃은 자괴화(刺槐花)로 부르며, 일본에서는 '침이 있는 회화나무'라고 침괴(針槐, 니세 아카시아)로 표현하고 있다.

아까시나무는 수피가 노란색을 띤 갈색이며, 세로로 갈라진다. 열매는 씨앗 4~10개가 들어있는 콩깍지 모양의 꼬투리인 협과가 달리고, 번식은 실생과 삽목으로 한다. 잎은 잎사귀 하나에 9~19개의 작은 잎이 잎대에 붙어 있는데, 잎의 아랫부분에 각각 작은 가시 한 쌍이 붙어 있다. 가시의 크기는 어릴 땐 2cm 정도지만 성목으로 자라면서 작아지거나 없어진다.

가시의 종류에는 탱자나무처럼 가지가 변해서 가시가 된 것을 경침, 장미처럼 껍질이 변해서 된 가시를 피침, 선인장처럼 잎이 변해서 가시가 된 것을 엽침이라 한다. 아까시처럼 턱잎이 변해 가시가 된 것도 엽침으로 구분한다.

이런 여러 종류의 변화를 거쳐 가시를 가진 나무나 식물들이 많지만, 특히 아까시나무의 가시는 끝이 가늘고 뾰족해 찔리면 부러진 가시 끝이 피부 아래 살 속에 남아 티눈으로 변할 확률이 높다. 다른 가시들에 찔린 것에 비해 상처가 잘 곪기 때문에 찔리지 않도록 주의해야 한다.

어린잎의 뒷면에 작은 털이 약간 있는 것도 있지만 없는 것이 대부분이다. 잎의 가장자리는 톱니 없이 밋밋하고, 홀수 깃 모양 겹잎 어긋나기 형태를 하고 있다. 잎에는 비타민 C가 풍부하고, 아카세틴, 아피제닌, 디오스메틴, 루테올린이 함유되어 있어서 소염과 이뇨작용, 바이러스성 피부염, 풍치 치료에 효과가 있다. 씨앗은 볶아서 섭취하면 기관지 천식에 좋고, 다려서 복용하면 대장하혈이나 객혈을 멈추는 데에 좋다. 꽃은 소변을 원활하게 하고 중이염 치료에 효과가 있으나, 잎 외의 다른 부분은 렉틴을 함유하고 있으므로 독성이 강해 생식 시 중독 가능성이 있으므로 섭취에 주의를 요한다.

국내 꿀 생산량의 70%를 차지하는 밀원 식물인 아까시나무의 꽃은 5월에 피며, 진한 향기를 지니고 있다. 꽃말은 '우아함, 모정, 죽음도 넘어선 사랑'으로 고고하고 헌신적이며 강한 의지를 가졌다. 꽃받침은 얕게 5개로 갈라져 있고, 꽃대에 하얀꽃이 주렁주렁 매달리는 총상꽃차례로, 등나무꽃과 비슷하다. 꽃은 식용이 가능하여 전이나 튀김, 떡, 차, 무침, 샐러드 등으로 만들어 먹기도 한다.

가축 사료용으로 쓰이는 영양가 높은 잎은 오염물질 정화에도 탁월한 효과가 있다. 조선용 원료 등 새로운 용도로서의 가치를 확인하고 산림청에서는 근래에 아까시나무 수림 조성에 재착수했다.

아까시나무는 내공해성에 특히 강한 환경 수종으로 이산화탄소 흡수량이 년간 1ha당 13.8톤에 달해, 국내에서 가장 우수하다고 알려진 상수리 나무의 14톤과 거의 비슷한 효과 수치를 보이고 있다. PH 4.8의 산성 토양에서도 잘 자라고 가뭄에도 강해 황폐지나 산불지의 초기 식생 우위 종으로 적당하지만, 배수가 불양한 토양이나 그늘진 곳에서는 생육이 부진하다.

아까시나무 종류에는 꽃 아까시와 개량종으로 민둥 아까시가 있다. 민둥 아까시는 꽃이 피지 않는다는 이유로 국내에서는 외면받고 있는 실정이지만, 미국에서는 가축 사료용으로 각광받고 있다.

외유내강의 특질

아까시나무 뿌리에는 뿌리혹 박테리아가 질소를 고정하므로 척박한 토양에서도 잘 자라고, 목질이 단단해 잘 썩지 않는다. 건조시 뒤틀림과 갈라짐이 심해 고급 목재로서는 꺼리는 편이지만, 심재와 변재의 색상 차이가 극명하여 집성목으로의 활용도가 높다. 연소 시간이 길고

연소시에 연기가 적어 화목 연료용, 어린이 놀이용 시설재나 갱목, 바비큐 훈연목, 마차 수레바퀴 제작, 토목 건축용재, 울타리재 등으로 사용하기 적합하다.

병충해에 강하여 박정희 대통령 시절에 오리나무, 리기다 소나무와 더불어 사방 사업의 산림녹화 목적으로 대량 식재되었다. 난지도공원 조성에도 제일 먼저 식재될 정도로 황폐화된 지역과 민둥산 토질 향상에 최적의 조건을 갖춘 나무이고, 주변의 식생을 좋게 하는 데에도 많은 도움을 주는 나무다.

하지만 아직 국내에 도입된 지 100여 년 남짓으로 한국 내 토착화가 덜 진행된 상태이다. 밑동 지름이 50cm를 넘으면 속이 썩기 시작하고 비어 가며, 뿌리가 얕게 퍼지는 천근성이라 바람에 약해 잘 넘어지기도 하기 때문이다. 2000년 이후 잎의 황화 현상*으로 원인 불명의 고사가 진행되고 있어 안타까움이 크다.

이렇게 유익한 장점이 많은 아까시나무는 해군 전쟁사에 한 획을 그은 재미난 에피소드에도 등장한다. 1812년 영미전쟁에서 미국 해군이 승리를 했는데 이에 크게 기여한 것이 아까시나무였다. 그것은

---

* 엽록소 부족으로 잎이 누렇게 변하는 현상

다름아닌 당시 선박 제작에 사용했던 나무 못이 영국 군함은 참나무 못이었고, 미국은 아까시나무 못이었다는 것이다. 잘 부식하지 않는 아까시나무 못이 오랜 기간 동안 진행된 해전에서 튼튼한 군함을 유지할 수 있게 한 덕분이란다.

"키 크고 싱겁지 않은 사람 없다"는 속담이 있다. 하지만 아까시나무는 다르다. 보통 속성수과는 다른 면모를 보이는 아까시나무는 짧은 기간에 빨리 자라나는 화려한 성장에도 불구하고 단단한 목질을 생성하는 외유내강의 특질을 여실히 보여준다.

아까시나무는 오늘도 아궁이 속에서 자신을 불사른다. 활활 타오르는 아궁이 속 화염처럼 나의 내면에도 찬란한 불꽃이 일렁인다.

27

때죽나무

Styrax japonicus

꽃을 싫어하는 삼형제

쓰잘데기 없는 꽃

세상에 별별 사람이 있다지만 꽃을 싫어하는 사람이 있을까. 우리 아버지는 드물게도 꽃을 싫어하는 부류에 속했다. 돈을 주고 꽃을 샀는데 금세 시들어 못쓰게 되니 돈만 버리게 된다는 생각 때문이었다.

어버이날 부모님께 꽃바구니를 보내드렸다가 혼이 났다. "씨잘데기 없이 그런 건 왜 보내?"냐는 것이었다. 힘들게 돈 벌어 왜 낭비하느냐는 꾸지람인데, 그래도 속으로 조금은 좋아하지 않았을까 싶다.

아버지 형제 다섯 명을 부부동반으로 처음 해외여행 보내드릴 때도 아버지는 안 간다고 생떼를 썼는데, 나중에 알고 보니 해외여행이라는 말이 나오자마자 제일 먼저 여권발급 신청을 했다고 한다. 그때 알았다. 말씀은 저래도 마음은 안 그렇다는 것을.

우리 아버지만 꽃을 싫어하는 줄 알았는데 아니었다. 큰삼촌이 돌아가시고 나서 성묘를 하며 산소 앞에 꽃다발을 가져다 꽂았는데 사촌동생이 기겁을 했다.

"형님, 아버지가 제일 싫어하는 게 꽃입니다."

아버지 생각에 헛웃음이 났다. 그런데 근래에 또 다른 사실을 알게 되었다. 얼마 전 막내삼촌이 돌아가셨는데, 세 분 내외가 나란히 모셔질 산소 앞에 심어져 있는 나무를 보고 사촌여동생이 물었다.

"오빠, 이게 무슨 나무예요?"

"때죽나무지. 봄에 종처럼 생긴 흰꽃이 주렁주렁 매달려 피면 보기 좋아. 향기도 진하고. 열매도 꿀밤처럼 생겼는데 엄청 많이 달려. 무지 이쁘거든."

"근데, 이거 꽃나무예요? 우리 아버지가 없애 버리라고 안 했어요? 우리 아버지 꽃 엄청 싫어하는데…… . 돈 안 되는 건 절대 못 심게 했을 텐데 우째 이걸 그냥 뒀지?"

어찌 삼형제가 모두 하나같이 이렇게 똑같을까 하는 생각이 들었다. 한 뱃속에서 나왔으니 당연한 결과이긴 하겠지만.

향수의 원료

산소에 심은 때죽나무는 묘목 시장에서 공짜로 받아온 거라 처음부터 원가는 들지 않았다. 5~6월이면 매마등(買麻藤)이라 불리는 때죽나무꽃이 핀다. 2~6개씩 뭉쳐 핀 꽃의 향기가 산소 전체를 감싸고 돈다. 속명 'Styrax'는 안정되게 쉴 수 있는 향이 나온다는 뜻이고, 그리스어로 편안한 향기를 뜻하는 'Storax'에서 유래했다. 그래서인지 향기가 진해 향수 원료로도 쓰이기도 한다.

때죽나무는 진달래목, 때죽나무과, 때죽나무속에 속하는 갈잎 키큰 나무로 1~15m까지 자라는 낙엽활엽교목이다. 세계적으로 11속 160여 종이 존재하고 있는데, 우리나라에는 8종 정도가 분포하지만, 주로 2속 3종으로 때죽, 쪽동백, 나래 쪽동백이 서식하고 있다. 특히 소흑산도에서 변이 종으로 발견된 '소흑산도'라는 종은 꽃과 잎이 보통보다 2~3배가 크며, 현재 '에머랄드 파고다'로 불리며 미국에서 개발, 관리되고 있다.

때죽나무는 추위와 병충해, 공해와 산성 토양에 강해 산성비와 대기오염 지표 식물이기도 하다. 원래 공해가 없고 깨끗한 산기슭이나 물이 흐르는 계곡 주위에 주로 자생했지만 지금은 정원수, 조경수, 분재목으로 재배하기 위해 삽목과 파종으로 번식시키고, 밀원 식물과 염료식물로도 각광받고 있다. 다른 이름으로는 야말리, 종나무, 쪽나무, 노가나무, 족나무, 금대화, 왕때죽나무 등으로 다양하게 불린다. 한국, 중국, 일본이 원산지인데 필리핀에도 자생하고 있다. 어린 가지에는 별 모양의 솜털이 빽빽하게 박혀 있지만 자라면서 차츰 없어진다.

잎은 긴 타원형 달걀 모양으로 끝이 뾰족하고 가장자리의 톱날 문양은 조금 있는 것과 없는 것이 대부분이다. 열매는 핵과로 9월에 익는데 껍질이 불규칙하게 터진다. 맛은 맵고 성질은 따뜻하다. 타원형으로 생겨 실에 꿰어 목걸이를 만들기도 하고, 지방유를 함유하고 있어 기름을 짜서 머릿기름으로 사용하기도 한다. 또 호롱불처럼 밤에 불을 밝히는 데에도 쓰였다고 한다.

눈으로 만든 종

때죽이라는 이름이 붙은 유래는 여러 가지가 전해지고 있다. 가장 많이 알려진 이야기는 열매에 글리세이트, 에고놀 성분으로 적혈구를 파괴하는 독성이 있는 '에고사포닌'을 함유하고 있어서 짓빻아서 물에 풀면 물고기를 떼로 죽여 때죽나무라 부르게 되었다는 설이다. 또 동학혁명 때에는 농민군이 열매를 빻아 화약과 혼합해서 폭약으로 썼다는 설도 있다.

가을이면 아래로 처져 매달린 열매가 약간 회색빛을 띠는데, 그 모양이 스님들이 떼로 몰려 있는 모습 같다고 떼중나무로 불리다가 때죽나무로 바뀌었다는 설, 멀리서 보면 말끔해 보이지만 가까이에서 보면 세로로 갈라진 줄기의 틈이 마치 때가 많이 끼어 검게 보이는 것과 같아서 붙여진 이름이라는 설, 비누가 없던 시절 비누 성분인 에고사포닌 성분이 함유된 열매와 껍질을 물에 불려 빨래를 했는데 때를 쭉쭉 빼준다고 때죽나무라 불렀다고 하는 설 등이 있다. 하얗고 진한 향기를 품고 있는 기품 있는 모습과 달리 지저분한 때와 관련된 이야기가 많은 것을 보면 아마도 누군가가 이름에 빗대 지어낸 이야기가 아닐까 싶기도 하다.

한편 서양에서는 우리나라와 달리 영어로 'Snow ball'이라 부르는데, 우리말로 '눈으로 만든 종'이다. 속명 '물방울'도 수액이 물방울 모양이라 붙여진 이름이라는데, 'Staria'에서 유래 되었다고 한다. 꽃은 단성화 통꽃으로, 착한 사람의 마음을 닮았다고 '인선화(人善花)'라고도 부르는데, 물방울이든 스노우 볼이든 인선화든 이름이 참으로 곱고 아름답다.

한방에서는 생약 명으로 '제돈목(齊墩木)'이라 일컫는다. 호흡기 질환, 염증, 감기, 인후통, 치통, 골절상, 뱀에 물렸을 때와 뼈마디가 쑤시는 풍습병 치료와 항균제의 원료 등으로 쓰이지만 독성이 강해 다량으로 섭취하면 목과 위장에 장애를 일으킬 위험이 있으니 주의가 필요하다.

목질은 세포 크기와 배열이 일정하여 나이테 무늬가 안 보일 정도로 균질하고 단단하지만 굵기가 가늘어 농기구 자루, 장기 알, 얼레빗, 목기, 지팡이 등을 만드는 데 쓰인다. 제주도에서는 육지에서 불리는 때와 관련된 속설과는 달리 정결한 나무로 인식되어 '족낭'이라 불린다. '차받음물'이라고 '나뭇가지를 얽어 받은 빗물'이 있는데 때죽나무 가지를 이용하면 물이 변하지 않아 정수용으로 쓰이기도 한다.

때죽나무는 병충해에 강하지만 방제가 필요하다. '때죽납작진딧물'이 가지 끝에 연녹색 집을 짓는데 꼭 열매같아 보이지만 끝이 벌어져 있어 구별이 된다. 꽃말은 꽃이 땅을 향해서 매달려 피어서 '겸손'이다. 참으로 어울리는 꽃말이라 여겨져 누가 지었는지 잘 지었다 싶다. 꽃이나 열매를 아래로 늘어트리고 조롱조롱 매달린 모습을 보고 있노라면 저절로 질서가 느껴지고 경건한 마음이 들어 두 손을 가지런히 모으게 된다.

꽃을 싫어하는 삼형제가 부부 동반으로 나란히 쉬고 있는 산소에는 지금쯤 때죽나무 열매가 한창 익어가고 있을 게다. 두 그루가 겸손하게 조용히 마주보고 서서 눈알 같은 열매를 아래로 내리깔고 이리저리 바람 따라 눈치를 살피고 있을 것이다.

지난 여름 더위를 피해 느즈막이 잠을 자러 온 막내동생에게 먼저 잠든 두 형님이 마음에 없는 말로 묻는다.

"너는 잠들기 전에 저 나무 와 안 업샌노? 씨잘데기 없이 돈도 안 되는 거."

28

닥나무

Broussometia Kazinoki Sieb

아버지의 닥밭

아버지의 닥밭

"아부지예, 식사하러 오이소~오!"

대목들 아래 합수부 징검다리 근처에서 만폭지 비탈 닥밭을 새벽부터 매고 있는 아버지를 아침식사 하러 오시라고 고래고래 목이 터져라 부른다.

"올해는 유난히도 깔따구가 심하네. 어이! 숭죽한 놈들……."

이른 새벽 날이 희붐할 즈음 일 나간 아버지가 아침밥 먹으러 돌아와 하는 첫 마디다. 이슬에 젖은 바지가랑이와 셔츠 소매 사이로 온통 울그락푸르락 부풀어오른 깔따구 상흔이 마치 멍게 껍질 같다. 올해

유난히도 닥나무밭 깔따구가 심하게 달라붙으니 닥밭매기가 끝날 때까지 이만저만 고생이 아니리라. 깔따구에 뜯기고 새벽이슬 맞아가며 김매고 가지를 잘라 삶아 껍질을 벗겨 말려봐야 고작 창호지 300매 정도 수입이지만 그 당시만 해도 시골 살림이라는 게 뽕이다 닥이다 가릴 처지가 아니었다.

불에 태워도 딱, 부러뜨려도 딱

닥나무는 동아시아 원산으로 우리나라 중남부 지방과 일본에 주로 분포한다. 키가 3미터 정도로 자라는 장미목, 뽕나무과, 닥나무속의 낙엽활엽관목으로 한지를 만드는 원료가 되는 바로 그 나무다. 대개 밭작물 사이 간격 재배를 하지만, 편마암이나 화강편마암 풍화토 지역 양지쪽 산기슭 경사지에 토사 유실 방지를 위해 심어져, 산사태도 방지하고 종이 원료도 얻는 일거양득의 소득 식물이다.

온난한 기후와 생육기에 강우가 풍부하고 배수가 잘되는 토질을 좋아하는 나무로 한자어로는 저목(楮木), 한약명으로는 구피마(構皮麻)로 불린다. 불에 태우면 딱딱 소리를 내고, 부러뜨려도 딱 하고 소리가 난다고 '딱나무'라 불려, 죽을 때 자기 이름을 부르고 죽는 나무라는 우스갯소리를 듣는 나무다.

유사종으로 구지닥나무가 있고, 품종에는 잎이 깊게 갈라지고 비스듬히 누워 자라며 수피의 색깔에 따라 붉으면 적곡수(赤穀樹), 푸르면 청곡수(靑穀樹), 누르스름하면 황곡수(黃穀樹)로 나뉘는 마엽종(麻葉種)과 옛부터 재배되던 재래종인데 외피가 검은색과 파란색으로 수피가 두껍고 가지가 많이 갈라져 잘 자라는 요저종(要楮種), 그리고 잎에 갈라짐과 톱니가 없이 외피가 청색과 흑색으로 수피에 반점이 있는 진저종(眞楮種) 등이 있다.

번식은 실생, 분급법, 삽목, 접목으로 이루어지고 있으나, 발아율이 낮아 실생은 어렵고, 11월에 뿌리를 채취해 하루나 이틀 정도 건조시켜 모래에 묻어 움 속에 보관했다가 3월 중순경 번식시키는 분급법이 주로 쓰인다. 특별히 약제 방제나 관리가 필요 없어 품이 적게 드는 편이지만, 관목으로 키가 작으니 나무 아래 풀베기 작업은 필수다. 고향에서는 이 닥밭의 풀베기를 통상 호미로 밭을 맨다고 표현하듯 '닥밭을 맨다'고 표현했다. 오늘 아침 아버지는 낫으로 나무 주변의 잡초들을 베어 주는 닥밭매기를 하던 참이다.

닥나무는 채취할 때 줄기를 땅 위 10cm 정도 아래에서 절단하는

데, 묘목을 심은 뒤 2년 정도면 수확이 가능하고 가지가 10개 정도일 때가 정점이며, 15년 정도 후면 생산량이 감소한다. 우리 닥밭은 수령을 알 수는 없지만 아직도 건재한 것을 보면 자연의 이치를 자로 잰 듯 재단하는 것이 아니구나 하는 생각이 든다.

닥나무의 어린 새순은 나물로 먹기도 하지만 사포닌, 세로틴, 페티오일을 함유하고 있어서 타박상이나 자양강장제 효과가 있고, 잎은 어긋나게 나서 달리며 달걀형 또는 길쭉한 달걀 모양으로 끝이 뾰족하고 둘레에 톱니가 있다. 특히 손발에 난 사마귀 하나하나마다 잎을 한 장씩 따 잎자루에서 나오는 하얀 액체를 찍어 바르고 그 잎을 순서대로 차곡차곡 모아 논에 물이 드는 물꼬에다 묻으면 그 잎이 썩을 때쯤 없어진다고 하여 손등에 난 사마귀에 열심히 찍어 발라본 추억이 있다. 신기하게도 그 이유인지는 모르지만 사마귀가 한 달 뒤쯤에 없어졌고, 어른들은 이를 사마귀 없애는 양밥이라고 불렀다.

꽃은 암수가 한 가지에 피는 일가화(一家花)로 4~5월에 잎과 같이 개화하고, 수꽃은 타원형, 암꽃은 둥글게 생겼다. 씨방에 실 같은 암술대가 있으며 6~9월에 산딸기 모양의 열매가 열린다. 달달한 열매는 성질이 차고 독성은 없다. 잼이나 주스, 농축액으로 만들어 음용하면 힘줄과 뼈를 튼튼하게 하고, 피부에 효과가 있어 안색을 좋게 하며,

눈을 밝게 하는 효험이 있다. 『동의보감』에도 뼈를 튼튼하게 하고 양기를 보충하여 발기부전 치료와 허약체질을 보완하며, 허리와 무릎을 따뜻하게 하는 효능이 있다고 나온다.

한지의 원료

주로 한지를 만드는 원료로 쓰이는 닥나무는 닥나무와 구찌나무의 교잡종이 많다. 나뭇가지는 갈색 또는 자줏빛을 띠고 작은 가지에는 짧은 털이 밀실하게 있지만 자라면서 없어진다. 가지는 채취한 후 증기로 찐 다음 껍질을 벗겨 말리면 흑피(黑皮), 조피(粗皮)가 되며, 이를 물에 불려 외피를 제거하면 백피(白皮)가 된다. 이를 가공하여 창호지, 지폐 용지, 온상지, 타이프 용지 등의 종이를 만들고 합죽선, 팽이채를 비롯해 옷감 재료인 저포와 갑옷을 만드는 데에도 사용했다. 특히 갑옷은 화살이 뚫지 못할 정도로 질기고 튼튼했다. 종이의 내구연한이 1,000년에 가까울 정도로 보존력이 좋아 세계 최고의 목판 인쇄물인 신라 무구정광대다라니경도 닥나무로 만든 한지로 제작된 것으로 알려져 그 우수성이 입증되었다.

닥나무로 종이를 제조한 것은 고려시대 이전부터였다. 조선시대에는 질 좋은 한지가 청나라의 조공 물품에 포함되어 있었는데 과도한 조공 요구로, 저전(楮田)[*] 대장을 작성하고 공납을 관리한 기록이 『경국대전』에, 저전을 감찰한 기록이 『속대전』에 나올 정도로 중요한 물품이었다. 한때는 과도한 공납 관리에 백성들이 재배를 기피하기도 했고, 주로 승려들을 통해 지전을 운영했기에 당시 승려들의 고역은 말할 수 없이 컸다고 한다.

정성의 손길

그런 닥나무가 근래 와서는 한지뿐만 아니라 한복의 재료로 개발되어 고급화되었지만, 고향 만폭지 닥밭은 아버지 돌아가시고 수년을 묵어 풀이 한가득이었다. 군데군데 자란 은백양나무가 은빛 찬란한 잎을 바람에 나부끼면 닥밭은 온통 운동회를 여는 운동장이나 어느 콘서트장 같은 분위기가 연출된다. 속성수인 은백양나무 씨앗이 어디

---

* 닥나무를 심어 기르는 밭

에서 날아와 싹을 틔우고 자랐는지 수해만에 닥나무 키를 훌쩍 넘어 서로 키재기를 했다.

봇도랑 둑을 따라 엉긴 수크렁과 강아지풀을 헤치고 걸음을 옮기며 살펴보니 닥나무 사이마다 산딸기 덩굴과 산마, 하늘수박과 탱대미 넝쿨이 억세 등 잡풀들과 어울려 정글 수준을 방불케 했다.

도저히 더는 발걸음 떼기가 힘들어 둘러보는 걸 포기하고 돌아나왔다. 닥밭이 망가지는 것이 걱정스러워 품을 사서라도 김매기를 해야 하나 생각하다가 닥을 채취할 것도 아니니 굳이 그럴 필요가 있나 싶기도 했다. 아버지가 살아 계셨으면 무슨 수를 써서라도 이리 두지는 않았을 텐데 하는 마음이 들자 돌아가신 아버지가 그리워졌다.

아침이슬에 잠뱅이 젖는 것도 아랑곳없이 아련하게 닥밭을 올려다보았다. 깔따구에 쫓기며 닥밭을 매던 아버지의 모습을 되새기고 있는데 지나가던 차가 옆에 멈추었다.

"형님, 뭐합니까? 접니다. 오랜만에 뵙네요. 닥밭 보니까 아재 생각이 나나 보네요?"

벌초하러 오던 6촌동생이 인사를 했다.

"어? 오나? 풀밭된 닥밭을 보니 예전 기억이 생생하네. 아버지가 계셨으면 열심히 딱밭 매고 계셨을 텐데. 요샌 쓸모도 없으니……."

"쓸모가 없다뇨?"

대학에서 종이학을 강의하고 있는 동생이 반문했다. 닥에 함유된 카지놀(Kazinol F) 성분이 미백 효과에 좋아 기능성 화장품 원료로도 쓰이는 등 앞으로의 닥의 발전 가능성이 무궁무진하다며 망가지게 그냥 두지 말고 잘 건사해야 한다고 거들며 한 마디 했다.

"형님, 이제 아재가 안 계시니 닥밭도 풀 때문에 안 보이누만요."

"그러게 말이다."

사람이든 나무든 사랑으로 보살핌을 받으면 원만하게 성장하지만 정성어린 손길이 미치지 못하면 자기 역할을 다하지 못하는 연약한 존재다. 치고 들어와 간섭하는 은백양나무는 물론이고, 덩굴식물들이 줄기를 감아 타고 올라 몸을 조인다. 꼭대기까지 타고 오른 넝쿨과 잎으로 그늘이 지면 닥나무는 몸을 비틀어 탈출을 시도하다가 지쳐 서서히 자신을 버리게 된다. 시간이 지나면서 조금씩 닥나무는 도태되고 우점종들이 자리를 차지하게 된다.

하지만 사람은 다른 동식물과 달리 이성적 판단을 가지고 함께 살아가는 방법을 실천하는 사회적 동물이다. 보살핌이 필요한 곳에는 사랑스런 정성이 전해져야 한다. 우리 주변에도 보살핌이 필요한 이웃이 많다.

우리 닥밭도 오늘 보니 그 기로에 섰다. 내년엔 무슨 일이 있어도 닥밭 김매기를 하여 약해져 가는 닥나무들에게 새로운 활력을 찾게 해 주어야겠다.

"네 말대로 내년부터는 잘 가꿔 봐야겠구마. 너도 이 닥밭에 추억이 많제?"

"그라믄요. 제가 그래도 이 닥밭 닥나무로 박사 따 밥벌이하고 있는 데요. 아재가 그때 날마다 그것 들여다봐서 뭐할 꺼냐고……. 하하! 눈에 선하네요."

올려다보이는 만폭지 닥밭 위 파란 하늘 뭉게구름에 아버지가 올라앉아 마치 우리를 만나 반갑다는 듯이 이리저리 손을 흔들며 깔따구를 쫓고 있다.

29

능소화

Campsis grandiflora (Thunb.) K.Schum

그리움으로 남은 인연

하늘도 무섭지 않은 꽃

덩굴식물 중 가장 화려한 꽃을 들라면 단연코 능소화다. 헌릉로 탑성마을 진입로 담벼락에는 진한 주홍색의 능소화가 늦봄부터 가을까지 흐드러지게 피었다. 담 전체가 꽃으로 뒤덮여 장관을 이루어 지나칠 때마다 기분을 좋게 해 콧노래가 절로 나왔다. 선선한 가을바람이 귓전을 간지럽히니 그 오래된 탑성마을의 능소화에 대한 그리움이 인다.

능소화는 수십 년 전만 해도 꽤나 흔치 않아 귀한 나무로 대접받았는데, 요즘은 어딜 가나 곳곳에서 쉽게 접할 수 있어서 격세지감을 느낀다. 일전에 천안의 베어트리파크에 들렀더니 열주식으로 심은 능소화가 장관이기도 했고, 서울에서도 뚝섬에서 성수대교를 지나는 자동차 전용도로 방음벽 외에도 많은 곳에서 심심찮게 능소화를 볼 수 있게 되었다. 안동 능소화 꽃길이나 부천 중앙공원 능소화 터널은 능소화의 지역 명소로 이름을 날리고 있으며, 특히 진안 마이산 암마이봉을 30미터 이상 타고 오른 탑사의 능소화는 크기로 대한민국 첫째이다. 수령은 그리 오래지 않은 1985년에 심은 것으로 알려져 있는데 그만큼 속성으로 잘 자란다고 보면 되겠다.

능소화는 한자로 업신여길 능(凌), 하늘 소(霄), 꽃 화(花)자를 쓰는데, 하늘도 무서워하지 않을 만큼 덩굴이 나무에 붙어 하늘로 치솟으며 자라 오르는 데에서 유래했다고 한다. 『본초강목』에는 '꽃이 적염하기 때문에 스스로 다른 나무를 타고 수장(數丈)높이를 오르기에 능소라고 하고 능(凌)은 한계를 극복, 소(霄)는 하늘을 뜻한다'고 기록되어 있다.

양반나무

능소화는 잎이 난형 또는 난상피침형으로 꿀풀목, 능소화과, 능소화속에 속하는 중국 원산의 낙엽덩굴성목본식물이다. 우리나라에서는 내한성이 약한 관계로 중부 이남에 주로 분포하고 있고, 지지목을 세워 정원에 심거나 담장에 기대어 관상수로 사찰에서 많이 식재하고 있다. 종류는 중국 능소화와 미국 능소화가 있는데, 미국 능소화는 꽃의 크기가 중국 능소화에 비해 작고 색이 더 붉으며 늘어지지 않는 특성을 지니고 있다.

줄기는 회갈색으로 세로로 벗겨지며, 줄기 마디의 흡착뿌리(吸着根)를 이용해 다른 물체에 지지하여 10미터까지 담쟁이덩굴처럼 타고 오른다. 잎은 가장자리가 깊은 톱날 모양을 하고 있으며, 하나의 잎자루에 7~9개의 작은 잎이 서로 마주보고 나와 달린다.

꽃은 가지 끝에 트럼펫 나팔 모양으로 피며, 피는 기간이 이틀 정도로 짧지만 연이어서 피고 지기 때문에 긴 시간을 피어 있는 것처럼 느껴지게 한다. 통꽃으로 떨어지는 것이 양반의 명예나 체통에 비유되기도 하고, 봄에 싹이 늦게 돋아나는 느긋한 모습이 양반을 닮았다고 여겨 '양반나무'라고 부르기도 한다. 꽃이 떨어지면 지저분해지기 때문에 낙엽처럼 자주 청소를 해주어야 한다. 번식은 씨앗의 결실이 저조하여 삽목이나 포기 나누기, 휘묻이로 주로 하며, 양지바르고 수분이 많은 비옥한 토양을 좋아하고, 공해에 강해 도시와 해안가에서도 잘 자란다. 화려한 암수 한 몸인 양성화(兩性花) 꽃이 지고 나면 10월에 열매가 익는데 네모지게 생겼다. 익으면 저절로 외피가 벌어지는 삭과로 2개로 쪼개져 갈라진다.

조선시대에 양반들이 좋아한 꽃이라고 일명 '양반꽃'이라 불리기도 하는 능소화꽃은 장원급제한 사람의 화관에 꽂아주는 어사화로 쓰여 금등화(金藤花)로 불리기도 했다. 일반 백성들은 함부로 심지 못하게 했고, 심지어 심었다는 죄목으로 관아에 끌려가 매를 맞기도 했다고 한다.

역사적으로 능소화만큼 잘못된 낭설을 많이 가진 나무도 드물 것이다. 양반들만의 점유물로 여겨져 일반인들의 접촉을 최소화 하려는 의도가 이어져 온 것이 아닌가 여겨진다.

"꽃을 코에 대고 향기를 맡으면 뇌가 파괴되고, 꽃잎에 맺힌 이슬이 눈에 들어가면 눈이 어두워진다"든지, "임산부가 나무 아래를 자주 지나가면 유산을 한다"든지, 특히 가장 널리 퍼져 있는 "꽃수술 화분이 갈고리 모양이라 눈에 들어가면 실명한다"든지 하는 이야기들이 대표적이다. 이러한 낭설로 교육열 높은 우리나라의 극성 부모들은 학교나 유치원 주변에 심겨진 능소화 나무를 잘라내거나 심지도 못하게 하는 웃지 못할 민원을 발생시키기도 했다.

하지만 이는 낭설임이 밝혀졌다. 꽃수술 모양은 갈고리 모양이 아니라 그물 모양이며, 바람에 의해 수분되는 풍매화가 아니라 곤충이나 조류에 의해 꽃가루가 접촉해 맺는 충매화 또는 조매화이기 때문에 화분이 바람에 날릴 경우가 거의 없고, 화분이 직접 안구에 닿아도 실명하지 않는다.

줄기와 잎, 뿌리까지 모두 약재로 쓰이는데, 『동의보감』에 "몸을 푼 뒤 깨끗하지 못한 체내에 돌아다니는 어혈과 자궁 출혈 및 대하를 낫게 하고, 혈을 보하고 안태시켜 변을 잘 나가게 한다"고 나와 있어, 부인병 특효 약재로 재배되었다.

꽃과 잎, 줄기와 뿌리 등에 독성이 없어 약용으로 섭취해도 안전하다고 알려져 있으나, 꽃샘에 분비되는 꿀은 오래되면 독성이 생기므로 시간이 오래 경과한 밀원은 섭취하지 않는 게 좋다. 능소화 아래에서 장시간 피부 노출을 하는 것도 피하는 것이 좋겠다.

중국에서는 능소화 나무를 자위과, 꽃을 능소화, 잎을 자위엽, 뿌리를 자위근, 줄기를 자위경이라 하며, 능소속(凌霄屬)이라 부르기도 한다. 『시경(詩經)』에 나오는 '소아소지화'의 소지화가 능소화이며, 『당본초(唐本草)』에 '능소화'라는 기록이 있고, 송나라의 소송이 쓴 『도경본초(圖經本草)』에도 '자위능소화'라는 기록이 전해진다.

소화의 슬픈 사랑

이런 기록 외에도 능소화에는 한 여인의 임금을 향한 애틋한 흠모 이야기가 전해지고 있다. '소화'라는 궁녀가 하룻밤 임금의 성은을 입었으나 다시는 임금이 찾아오지 않았다. 착하고 여린 소화는 다른 빈들의 시샘과 음모에 휩싸여 궁궐 내의 가장 안쪽 구석까지 밀려나 기거하게 되었는데, 이제나 저제나 임금오기만 기다리다가 상사병으로 죽게 되었다. 내일이라도 찾아오는 임금을 기다릴 테니 담장가에 묻어 달라는 유언대로 초상도 치르지 않은 채 시녀들은 그녀를 담장 아래에 묻어 주었다.

여름이 시작되자 소화가 묻힌 빈의 처소 담장을 빙 둘러서 키가 큰 덩굴나무에서 나팔처럼 생긴 꽃이 피었다. 임금이 언제 오나 조금이라도 더 담장 밖을 멀리 쳐다보려고 높이 자라고, 임금이 오는 발자국 소리를 더 잘 들으려고 꽃잎을 나팔처럼 벌리고 있다며 죽은 소화의 이름을 붙여 '능소화'라 부르게 되었다는 이야기다.

능소화의 꽃말인 '그리움'은 구중궁궐의 꽃으로 탄생한 슬픈 사랑의 주인공 소화에서 유래되었다. 다른 꽃말인 '명예, 영광'은 이름을 날리고 싶은 양반들의 마음을 표현한 것이라는 이야기도 있다.

그리운 능소화

능소화가 한창 피었다가 지는 시기이지만 엊그제 들른 탑성마을 담장엔 이제 능소화가 없다. 도시의 확장과 팽창으로 고즈넉하던 마을이 아파트 숲속으로 숨은 결과다. 앞길이 확장되고 능소화로 둘러쌌던 집들은 모두 헐려 새단장을 했다.

뒷짐 지고 양반걸음으로 헛헛한 가을에 그리움을 그리며 어슬렁거려 보려 한 마음이 쪽박 깨지듯 부서져 날아갔다. 찬바람이 쓸쓸히 불어오는 요즘 그 화려했던 탑성마을 능소화가 그립다. 슬픈 소화의 전설을 듣기 전엔 그저 화려하고 예쁜 꽃으로만 여겨져, 곁을 지날 때는 콧노래에 휘파람을 불었다. 이제 그 꽃이 사라지고 그리움만 남으니 왠지 가슴 한구석이 저며 오며 휭하니 찬바람이 인다.

우리는 살면서 인연을 논하지만 내 생각엔 인연인가 아닌가는 그리움에 달려 있다고 본다. 세월이 흐른 뒤에 그리움으로 남아 있으면 그게 인연이다. 살다보면 다시 생각나는 오롯한 마음, 그것이 그리움이라는 것을 알게 된다. 살면서 아파하고 외로워하고 어려웠던 것들도 지나고 나면 모두가 그리워진다. 우리가 살아간다는 것은 그리움을 겹겹이 쌓아가는 일이다. 살아가는 나의 흔적에 그리움이 고이게 하자.

30

소나무

Pinus densiflora

삶의 마지막을 함께

소나무로 만든 관

대청 앞마루에 걸터앉으면 안산 자락 등성이에 아름드리 소나무가 서로 키재기로 우열을 가리듯 싱싱한 자태를 뽐내며 뭉게구름을 머리에 이고 열을 지어 서 있다. 우리 산과 오가(吳家)네 산의 경계를 가르는 표시목이기도 하지만 집안의 애사(哀事) 때 목관용(木棺用)으로 쓸 요량으로 곧고 굵은 튼튼히 자라는 놈을 골라두고 보살펴 키웠다.

'이 나무는 큰 작은집 할배나무, 이건 할매나무, 저것은 막내 작은집 할매나무……' 나무의 굵기나 크기에 따라 연로한 집안 어른 나이에 맞춰 지정 수목으로 이름 붙이고, 쓰일 때를 기다리며 세월을 넘기고 있다가 큰일이 생기면 바로 베어 내어 즉석에 재제소를 차리고 거두(巨頭)톱으로 판재를 켜서 관(棺)을 짰다.

생나무로 짠 두꺼운 판재의 관이다 보니 무겁기가 그지없고, 일정이 빠듯해 밤낮없이 서둘러야 겨우 장례 전에 입관을 마치기에 바빴다. 당시엔 으레 당연히 그렇게 해왔고, 그래야 되는 줄 알았다. 하지만 세월이 흐르고 시절이 바뀌어 이젠 장례를 집에서 치르지도 않을 뿐더러 장례용품도 모두 구입해 쓰니 우뚝 선 한 그루만이 묵묵히 자리를 지키며 사계를 이기고 있다.

언젠가 방제를 한다고 뿌연 연무를 내뿜으며 나타난 산림청 헬기는 프로펠러 굉음을 울리며 몇 날을 날아다녔다. 어느 날 보니 소나무 꼭대기에, 뾰족이 잎이 떨어진 가지가 뿔이 되어 솟아 있었다. 산림청이 송충이와 솔잎깍지벌레, 솔잎혹파리와 소나무재선충을 박멸하기 위해 노력한 결과 다행히 위쪽 가지 일부만 고사하고 살아남았다.

으뜸 가는 나무

소나무는 금줄에 숯과 고추, 백지와 솔가지를 걸어 잡귀와 부정을 쫓는 등 우리 생활과 문화에도 깊숙이 자리해 애국가에도 나올 만큼 친밀한 나무다.

한자어로는 송(松)이고, 솔나무에서 솔의 'ㄹ'음이 탈락되어 소나무가 되었다는 설이 유력한데 여기에서의 '솔'은 으뜸을 의미한다고 알려져 있다.

윤선도의 오우가(五友歌), 김정희의 세한도(歲寒圖)에도 등장하는 소나무는 대한민국 대표 수종으로 옛부터 충절과 절개, 지조를 상징하는 유교 덕목을 가졌다고 숭상했다. 십장생(十長生) 중 하나로, 매화, 대나무와 더불어 세한삼우(歲寒三友)로 칭송되어 황제를 위한 궁궐 건축재로 사용된 고귀한 나무로 대접받았다. 신라를 비롯한 고려, 조선의 왕릉 주변이 모두 송림으로 이루어져 있고, 특히 경북 봉화 지역의 춘양목은 국가 차원에서 송금비(松禁碑)를 세워 관리할 정도로 귀한 보살핌을 받았다.

꿈도 소나무 꿈을 꾸면 길몽이라고 한다. 꿈에 소나무를 보면 벼슬을 하고, 솔숲을 보면 자손과 집안이 번창하며, 소나무 그림을 보면 만사형통하고, 소나무가 마르면 병이 생길 징조로 풀이한다.

소나무는 한국과 일본이 원산으로 한국, 중국, 일본, 러시아 등 동북아에 분포하지만 국제적으로는 분포지가 한정적이어서 러시아에서는 희귀종 보호수로 선정되어 있다. 구과목, 소나무과, 소나무속의 상록침엽교목으로 햇빛을 좋아하는 양수인 소나무는 키가 20~35미터에 이르도록 자라고, 산성토와 석회질 토양의 배수가 양호한 지역에서 왕성한 성장을 보이며, 척박하고 힘든 생육 환경에서 장수한다고 알려져 있다.

세계에서 현존하는 가장 오래된 생물이 소나무과로 알려져 있는데 미국 캘리포니아주 화이트 마운틴 산맥의 브리슬콘 파인 송림(松林)은 4천여 년의 역사를 기록하고 있고, 그 중 가장 나이 많은 나무는 무려 4천7백 살이나 된다고 한다.

한반도에서는 중생대 백악기부터 살기 시작해 신생대를 거쳐 현재에 이르렀으니 가장 적응에 성공한 나무다. 우리나라 천연기념물로 지정된 나무 중에서도 소나무가 40여 종으로 점유율이 높다.

세조가 지나갈 때 가마가 걸리지 않게 가지를 들어 올려 정이품의 벼슬을 하사 받았다고 전해지는 보은 속리의 정이품송을 비롯하여 청도 운문사의 처진 소나무, 무주 삼공리 소나무, 예천 천향리 석송령, 이천 도립리 반룡송, 합천 화양리 소나무, 영양 당곡리 만지송, 고창 선운사 도솔암 장사송, 지리산 천년송, 강원 영월 관음송, 포천 직두리 부부송, 거창 당산리 당송, 하동 축지리 문암송, 포항 북송리 북천수 등 각각의 나무마다 모양과 전설을 간직한 이름들로 불리며 보호수로 지정되어 보호 관리받고 있다.

또한 소나무를 일컬어 내륙지방에서 자라면 육송(陸松), 줄기가 붉으면 적송(赤松), 여인의 자태를 닮았다고 여송(女松)으로 칭하기도 하고, 지역에 따라 솔나무, 소오리나무라 불리기도 한다. 적송은 일제강점기 당시 일본이 소나무를 일본적송(Japanese red pine)으로 세계에 등록하여 생겨난 일본 이름이다. 이에 광복 70주년을 맞아 국립수목원에서는 한국적송(Korean red pine)으로 명명하였다.

유사종으로는 흑송(黑松) 또는 해송(海松)으로 불리는 곰솔이 있는데, 껍질이 검고, 새싹이 흰색을 띠며, 잎이 억세고 뻣뻣한 특징을 가지고 있다. 이 외에도 부채 모양의 반송, 금강송으로도 불리는 춘양목, 강송, 은송 등이 있다. 친척 나무로는 잣나무, 눈잣나무, 섬잣나무, 리기다소나무, 테다소나무, 방크스소나무, 스트로브잣나무, 감털소나무, 대왕송, 일엽송, 우산소나무, 백송(白松), 소송(蘇松), 폰테로사소나무, 설탕소나무, 카나리아소나무 등이 있다.

쓸모없는 것은 하나도 없다

소나무의 목질은 송진을 함유하고 있어 잘 썩지 않고, 단단하여 벌레가 생기거나 비틀림, 휨, 갈라지는 현상이 적어 궁궐, 사찰용 건축재, 가구재, 농기구재, 관재(棺材), 조선용재 등으로 쓰이고, 관상수, 정자목으로 심기도 한다. 공해와 화재에 취약하지만 미세먼지 저감 효과가 크다고 알려지면서 요즘은 가로수로 식재하는 곳이 있기도 하다.

껍질은 거북등처럼 세로로 넓게 갈라지고 줄기는 회갈색, 줄기 위쪽은 적갈색을 띠며, 겨울눈이 붉다. 2년에 한 번씩 갈이를 하는 바늘잎은 2개 한 묶음으로 촘촘하게 붙어서 난다. 12월에 풍매화로 개화하는 수꽃은 새 가지 밑부분에 노란색 타원형으로 달리고, 암꽃은 새 가지 끝부분에 자주색의 계란 모양으로 달린다. 봄에 알러지를 유발하기도 하는 꽃가루인 송홧가루를 날리며 9~10월에 익고, 열매는 솔방울이라 불린다.

씨앗과 속껍질, 새순 등은 모두 약제로 사용하고, 송홧가루는 『동의보감』과 『본초강목』에 기운상승, 이질, 지혈효과가 있는 약제로 소개되고 있다. 차와 다식으로 만들어 먹으며, 특히 오뉴월 천일염을 으뜸으로 치는 이유는 송홧가루가 내려앉아 소금의 품질이 좋기 때문으로 알려져 있다.

솔잎은 술을 담그는데 사용되기도 하며, 소주에 담가 공복에 복용하면 중풍, 각기병, 통증 완화, 소화불량, 강장재, 지혈작용에 효험이 있다. 가루를 내어 생식을 하거나 송편과 함께 찌기도 하고, 죽을 끓여 보릿고개를 넘긴 구황식품으로 활약하기도 했다. 나무가 손상되었을 때 분비되는 끈적끈적한 송진은 상처를 빨리 곪게 하고 고름을 빨아내는 성분이 있어 의약품, 고약과 반창고, 화학약품, 도료 등의 원료에 사용한다.

솔방울은 불쏘시개로 사용하고, 숯은 불에 잘 타 향이 좋지만 불똥과 매연이 심해 참나무숯에 비해서는 하품으로 친다. 나무를 태우며 나오는 그을음을 모아 만든 송연묵(松烟墨)은 은은한 향을 품고 푸른색을 띠어 최고급 먹으로 인기가 높았으며, 먹을 갈아 먹으면 지혈제로 쓴다고 옛 의서(醫書)에 소개되어 있다.

속껍질은 '송구', '백피'로 불리기도 하는데 생식이나 송기떡을 만들어 먹기도 하지만, 섬유질과 송진으로 변비나 치열이 생겨 배변시 심한 고통이 따른다. "똥구멍이 찢어지게 가난하다"라는 말은 여기에서 유래되었다.

소나무를 베고 6~7년이 경과하면 밑둥치에 송진이 목질에 베어 관솔이 생성된다. 일제강점기에는 전쟁물자가 부족하여, 이 관솔로 기름을 짠 관솔유를 석유 대신 쓰기도 했다는 기록과 증언이 있다. 죽은 뿌리 부분에 맺힌 약제인 '봉령'은 식욕증진, 신장염, 구역질 억제에 효능이 있으며, 소나무숲에는 버섯 중의 버섯인 송이버섯이 자라 소나무는 뿌리부터 잎까지 살아서나 죽어서나 쓸모없는 것이 하나도 없다고 하겠다.

뿌리와 잎에서는 제초 성분인 칼로타닌이 분비되어 소나무 아래에는 진달래와 철쭉을 제외한 모든 식물이 자라나기 어렵다. 양수인 자기 후손목도 발아하지 못하거나 그늘로 인해 잘 자라지 못하는 환경이 조성되기 때문에 보통 소나무숲은 비슷한 연령대의 소나무들이 군집을 이루고 있는 것을 볼 수 있는데, 이를 동령림(同齡林)이라 부른다.

흔히 차밭 주변에 소나무가 자라는 것을 억제하는 이유는 소나무가 배출하는 칼로타닌 성분 때문이 아니라 봄에 날리는 송홧가루가 찻잎에 내려앉으면 차의 품질이 떨어지고 차 맛이 변질되기 때문이라고 한다.

안산의 푸른 정기

이처럼 귀하고 영물로 대접받고 자란 소나무는 요즘 소나무 에이즈라 불리는 소나무재선충의 피해를 심각하게 받고 있다. 관련 관청에서는 발병 지역의 벌목과 방제를 비롯해 조경수로 이용되는 소나무의 이동을 철저히 관리 통제하고 있는 실정이지만 좀체 그 확산세가 사그라들지 않고 있다. 한번 걸리면 회복이 불가능한 소나무재선충의 피해가 잦아들고 해소되어 민족의 정기를 타고 자란 소나무가 방방곡곡 무성해지기를 간절히 기도해 본다.

안산 날 등선에서 만폭에서 피는 가을 안개가 서만들을 적시고 올라와 소용돌이친다. 안개구름 위로 우뚝 솟은 키를 자랑하는 작은집 할매 소나무는 오늘도 머리에 상처난 뼈대를 곧추세우고 푸른 정기를 내뿜고 있다.

소나무 꼭대기에 안개를 뚫고 비치는 아침 햇살이 눈부시다. 그 정기를 이어 받아 안산의 소나무들이 날마다 푸르름을 더해 자라고 있다.

참고도서

- 『나무도감』, 임경빈 외, 도서출판 보리

- 『원색 한국식물도감』, 이영노, 교학사

- 『한국토종작물자원도감』, 안완식, 이유

- 『한국의 자원식물』, 김태정, 서울대학교출판부

- 『조경수목핸드북』, 김용식, 광일문화사

- 『나무 쉽게 찾기』, 윤주복, 진선출판사

- 『한국 식물 이름의 유래』, 조민제 외, 심플라이프

- 『한국민족문화대백과사전』, 한국정신문화연구원

- 『문화유산정보』, 문화재청

- 『한국세시풍속사전』, 국립민속박물관

- 『민초들의 지킴이 신앙』, 김형주, 민속원

- 『동의보감』, 허준, 법인문화사

- 『본초강목』, 이시진, 문사철

- 『신증동국여지승람』, 이행 외 저, 권덕주 외 역, 한국고전번역원

- 『우리나라 나무도감』, 윤주복, 진선Books

인생은 오늘도 나무를 닮아간다

인쇄일 2022년 2월 18일
발행일 2022년 2월 28일

지은이 최득호

펴낸곳 아임스토리(주)
펴낸이 남정인
출판등록 2021년 4월 13일 제2021-000113호
주소 서울특별시 서대문구 수색로43 사회적경제마을자치센터 2층
전화 02-516-3373
팩스 0303-3444-3373
전자우편 im_book@naver.com
홈페이지 imbook.modoo.at
블로그 blog.naver.com/im_book

ISBN 979-11-976268-1-4 (03810)